재령

재령

윤보인 장편소설

나무옆의자

차례

말러와
존 치버에게

◆ 일러두기
작가는 사주 명리학 이론을 위해 이석영의 『사주첩경』과 백영관의 『사주정설』을 참
고했음을 밝힙니다.

소한

꿈의 거리를 헤매어 왔노라

재령.

아마도 이 글은 서울에서 뉴욕으로, 그리고 재령으로 이어지는 긴 이야기가 될 것이다.

큰아버지의 고향은 황해도 재령이었다.

물론 나는 그곳에 가본 적이 없다.

큰아버지가 어떤 사람이냐고 누군가 묻는다면.

나는 살면서 그런 어른을 만난 적이 없었다. 열여덟 살 무렵, 한참 삶에 대한 의지를 상실한 채 방황할 때, 큰아버지는 나의 사주팔자를 봐주었다.

사주팔자라니. 처음에는 고루하다고 생각했다. 한 사람의 일생을, 태어난 생년월일과 시간만으로 운명을 말하다니. 믿고 싶지 않았다. 당시의 나는 운명을 포함해 그 어떤 것도 극복할 수 있는 것이라 생각했다.

하지만 세상에는 극복할 수 없는 게 있었다.

나의 쌍둥이 오빠의 죽음이 그러했는데, 그 사건은 나의 운명을 바꿀 만큼 큰 충격을 안겨주었다. 같은 날, 단지 7분 차이로 먼저 태어났을 뿐인데, 누구는 십 대 후반에 사고로 죽고 누구는 살아남아서 죽은 자를 끝없이 추억하는 삶의 비의에 대해 나는 알 길이 없었다.

쌍둥이 오빠의 생년월일.

1979년 5월 30일. 저녁 7시 27분.

나의 생년월일.

1979년 5월 30일. 저녁 7시 34분.

불과 7분 차이였다. 태어난 시간이 다르고 남자와 여자라는 성별이 다를 뿐이었다. 물론 같은 날, 같은 시간에 태어난 사람이 전국에 50명 이상은 될 것이다. 그들 중 누군가는 죽지 않고 살아남아서 가정을 꾸리거나 사업을 하거나 돈을 벌거나 아니면 폭삭 망하거나 부모의 재산을 물려받거나 그것도 아니면 운이 나빠서 노숙인이 되었을 수도 있다.

그렇다면 나와 같은 날, 같은 시각에 태어난 여성의 운명은 어떨까.

그들 중 누군가는 결혼을 했을 테고 누군가는 아이를 키울 것이며 누군가는 늙은 부모를 봉양하느라 세월을 보내고 있을 수도 있다.

이 글은 처음부터 끝까지 사주팔자, 그 어떤 운명에 대해 추적하는 글이 될 것이다. 그것은 분명 실패가 될 것이고 확인한다고 해서 달라지는 것도 없을 것이고 다만 죽은 자들을 추억하고 봉합해서 보내주는 일밖에 되지 않을 것이다.

큰아버지는 나의 쌍둥이 오빠가 그렇게 일찍 죽게 되리라는 것을 알고 있었을까. 아니, 예감했다 해도 그 역시 어쩔 수 없었을 것이다. 큰아버지는 우리가 열다섯 살 때쯤 조심스럽게 오빠의 이름을 바꿔주었다. 이은태에서 이은준으로. 그러나 이름을 바꿔도 크게 달라지는 건 없었다. 나는 이제 운명이라는 것을 조심스럽게 받아들이려 한다.

庚　丁　己　己

戌　酉　巳　未

큰아버지는 나의 사주 명식을 들여다보더니 별말이 없었다. 내 나이 열여덟 살이었다. 당시의 나는 어떤 말이라도 듣고 싶었는데, 큰아버지는 자신의 노트를 덮더니 말없이 밖으로 나갔다.

그렇게 사주가 안 좋은가. 당시의 나는 큰아버지에게 묻고 싶었다.

큰아버지는 말없이 마당에 서서 담배를 피우고 있었다. 담배 연기가 흩어지는 것을 나는 말없이 지켜보았다.

쌍둥이 오빠가 죽은 지 사흘째 되던 날이었고 발인을 하고 돌아온 다음 날이었다.

나의 어머니는 오래전에 돌아가셨고 아버지는 사기에 연루되어 이리저리 떠돌다가 연락이 끊어진 상태였다. 주위에는 도무지 어른이라고 할 만한 사람이 없었다. 결국 나는 쌍둥이 오빠의 죽음을 미국 뉴욕에 있는 큰아버지에게 알릴 수밖에 없었다. 뜻밖에도 그는 바로 비행기 표를 끊어서 서울로 왔는데, 나는 그 행동에 크게 놀라고 말았다. 그는 즉시 조카의 죽음을 수습했고 그야말로 집안의 가장 노릇을 해주었다.

당시의 나는 워싱턴 D.C.에 있는 둘째 큰아버지에게도 연락을 했는데, 그는 몇 마디 위로의 말을 했을 뿐, 별다른 반응이 없었다. 나는 그러한 상황을 섭섭하게 생각하지 않으려 했다. 죽음을 받아들이기엔 좀 어린 나이였다.

나무와 물이 부족하니 바다를 건너라.

짐을 꾸려서 미국으로 다시 돌아가던 날, 큰아버지는 공항에 배웅을 나온 나에게 한마디 했다. 바다를 건너라? 그건 또 무슨 소리인가? 나는 도통 알 길이 없어서 우울한 표정을 지으며 바닥만 내려다보았다.

원한다면 비행기 티켓을 보내주마. 내가 있는 곳으로 와라.

큰아버지는 나에게 말했다. 나는 자신이 없었다. 외국 생활에 대한 두려움보다 큰댁에서 얹혀살아야 한다는 부담감이 나를 짓눌렀다. 그러다가도 큰아버지와 큰어머니를 생각했고, 나의 짧은 영어를 생각하다가 잠들었다. 생각을 많이 해도 달라지는 건 없었고 구원받을 길도 없었으며 그렇다고 의지할 대상도 있는 게 아니어서 나는 고민 끝에 큰아버지에게 전화를 걸었다.

*

병자년. 육십갑자의 열세 번째에 해당되는 해. 천간은 병화, 지지는 자수로 이루어진 해. 명리로 풀이하면 바다에 붉은 해가 떠 있다고 해석하는데, 넓은 바다에 태양이 드러나면서 많은 변화가 있던 해였다.

1996년 병자년에는 전두환과 노태우가 반란과 내란죄 등의 혐의로 각각 사형과 무기징역을 선고받았다. 그해, 북한 잠수함 무장공비 침투사건이 일어났으며, 백석과 김광석이 세상을 떠났고 서태지와 아이들이 공식 해체되었다.

육십갑자가 끊임없이 움직이면서, 다시 찾아온 병자년에는 내 삶에도 많은 변화가 있었다. 해일처럼 어떤 시간이 찾아왔다가 내 영혼까지 쓸어 가버린 느낌이 들었다.

그리고 정축년. 황장엽 조선노동당 국제담당 서기가 대한민국으로 망명하였고 대한민국의 15대 대통령 선거에서 김대중이 당선되었다. 그해 나는 먼바다를 건너 다른 나라로 갔다.

*

뉴욕 플러싱. 열아홉 살이라는 어린 나이에 뉴욕에 도착했을 때, 입국 심사를 하면서 나는 두려움에 떨었고 어쩌면 한국으로 돌아가야 할지도 모른다고 생각했다. 막연한 희망이나 환상을 갖고 싶지 않았다. 상황이 안 되면 돌아가는 수밖에 없었다. 오른쪽이 아니면 왼쪽으로 가고, 가다가 길이 끊어지면 방향을 달리하는 수밖에 없었다. 나는 체념했고 그 무엇에도 간절히 매달리지 않으려 했다.

당시 공항에는 큰아버지와 사촌언니가 마중 나와 있었다. 어릴 적에, 그러니까 그들이 미국으로 이민 오기 전에, 서울에서 몇 번 마주한 적은 있지만 사촌언니와 내가 깊은 얘기를 나눈 것도 아니고 서로에 대해 구체적으로 아는 것도 없었다. 무엇보다 나는 곁에 아무도 없다는 초라한 느낌에 사로잡혔는데, 사촌언니가 내 부모에 대해 말을 꺼낼까 봐 조마조마했고, 그게 나의 콤플렉스였기에 그 부분을 찔리면 어쩌나 전전긍긍하고 있었다.

때마침 한겨울이었고 나는 차가운 뉴욕의 바람을 이겨낼 만큼 내면이 단단하지 못해 만약 그들 중 누군가 한국으로 돌아가라고 말하면 네, 알겠습니다, 하고 돌아설 마음의 준비가 되어 있었다. 뭔가 슬픈 느낌에 사로잡혔지만 상대가 마음이 변해서 받아주지 않으면 어쩔 수 없지 않은가.

그냥 되는 대로 살자. 그런 생각을 품고 나는 큰아버지와 사촌언니에게 고개 숙여 정중하게 인사했다.

가정교육을 제대로 받지 못했다는 것.

그게 나의 가장 아픈 부분이었는데, 그것을 어찌할 것인가. 누구를 탓할 수도 없는 일이었다. 죽기 전에 나의 쌍둥이 오빠는 나를 엄하게 키우겠다며 내 행동을 일일이 간섭했다. 돌이켜보면 그는 조선시대에 태어난 학자와도 같았고 때로는 정신 수양을 하는 도인과도 같았다. 대체 누구를 닮았던 걸까.

적어도 우리 가족 중에는 오빠를 닮은 사람이 없었다. 사기를 치고 행방불명이 된 나의 아버지는 전혀 선비 타입이 아니었고 죽은 어머니 역시 책을 들여다보는 학구적인 스타일이 아니었다. 어릴 적부터 나는 쌍둥이 오빠가 늘 어렵기만 해서 일부러 피해 다니기도 했다. 그러나 아무리 피한다 해도 저녁이 돌아오면 집에서 만나게 되는 것이고 오빠의 잔소리를 들을 수밖에 없었는데, 그는 언제나 나에게 똑바로 행동하고 다니라고 호통을 쳤다.

오빠 눈에는 한없이 부족해 보이더라도 하나뿐인 동생인데 어째서 그토록 못마땅하게 여기는 거냐고, 뭐가 그리 잘나서 꼿꼿하고 오만한 표정으로 사람을 다그치느냐고, 어느 날 나는 따져 물었다.

결국 나는 오빠에게 언어맞았는데, 너무 수치스럽고 굴욕적이고 억울해서 밤새도록 울었고 새벽녘이 되자 밖으로 나가서 거리를 걸어 다녔다. 다음 날 그는 자신의 행동이 과하다고 생각했는지, 식탁에 상처를 치료할 연고와 돈 몇 푼을 놓고 나가버렸다. 생활은 궁핍하기만 해서, 나는 그 돈을 보자마자 주머니에 넣고 집을 나와버렸다.

당시 오빠는 저녁부터 새벽까지 치킨 집에서 일했다. 집에서 가까웠으므로 산책할 겸 걸어 다니다 보면 땀 흘리며 치킨을 포장하는 그의 모습을 볼 수 있었다. 손님들을 대하는 게 쉽지 않았을 텐데. 그 역시 꿈이라는 게 있었을 텐데.

조금 더 살아 미국 뉴욕으로 와서 외국 학생들과 공부하고 자동차 여행을 다니고, 사랑하는 여자를 만나 가정을 꾸리고 사람들에게 존경을 받았다면 어땠을까.

나는 이루어지지도 못할 일을 상상하면서 플러싱 거리를 걸었다. 늘 오빠에게 미안한 마음이 들었다. 늦은 저녁 큰아버지 가족과 모여서 풍족한 식사를 할 때, 큰어머니가 갈비찜을 내놓고 음식을 권하면 나는 숨고 싶을 만큼 부끄럽고 미안해서 고개를 제대로 들 수 없었다. 떳떳해야 한다는 생각 때문에 일부러 담담한 표정을 지었지만 아무리 노력해도 큰아버지 가족 속으로 들어갈 수는 없었다. 어느 날 갑자기 찾아온 낯선 손님일 텐데, 큰아버지가 학비까지 대준다고 하니 견딜 수 없을 만큼 죄책감이 들어서 매일 밤 뉴욕이 아닌 다른 곳으로 갈 수 없을까 궁리하다가 다음 날 맨해튼으로 가서 하염없이 거리를 쏘다녔고, 어느 날은 무심코 자유의 여신상을 보기 위해 페리를 타기도 했고 어느 날은 위험하다는 할렘가를 걸어 다녔다.

그쪽은 위험하니까 가지 마라.

어느 날 사촌언니가 말했다. 나는 그 말을 흘려듣고 그쪽에 갔다가 곁을 지나는 눈이 풀린 흑인의 모습을 보고 깜짝 놀라서 집으로 돌아왔다.

사촌언니는 컬럼비아대학 경영학과 학생이었다. 말수가 적은 데다 굉장히 이지적인 느낌을 주는 여자였다. 키는 170센티미터가 넘는데다 군살이 없었고 얼굴이 작고 머리를 늘 위로 올려서 묶고 다녔다. 검은 테 안경을 착용했고 옷차림은 수수했으며 늘 운동화 차림이었다. 평소에 화장을 하고 다니지 않았지만 조금만 신경 쓰면 충분히 눈에 띌 만한 여자였다. 하지만 그녀는 사람의 이목에는 크게 관심이 없다는 듯 언제나 무심한 표정이었다. 아니 그보다 자신의 공부에 매진하겠다는 듯 언제나 무거운 가방을 메고 다녔다. 다행히 사촌언니는 나를 경계하거나 무시하지 않았다.

어쩌면 미국인 특유의 합리적인 사고방식이 몸에 밴 걸 수도 있었다. 한편으로는 다행스러웠지만 그녀와 나 사이에 벽이 존재하는 것만 같아서 단 한 번도 밖에서 따로 만나 밥을 먹거나 차를 마신 적은 없었다. 다행히 그녀는 이미 죽어버린 나의 쌍둥이 오빠에 대해 구체적으로 언급하지 않았다. 어느 때는 그 배려가 고마워서 눈물이 날 지경이었다.

비록 사람 냄새가 나지 않는다 해도 그 무심함이 때로는 남에게 도움이 된다는 것을 나는 몸으로 체득했고 나 역시 다른 사람의 인생에 개입하지 않으려 했다. 하지만 그것은 쉬운 일이 아니었다. 먼 곳에 와서도 나는 끊임없이 다른 사람들을 의식했고 이리저리 휩쓸렸으며 중심을 잡지 못했다. 미래에 무엇을 해야 할지 구체적인 꿈조차 없었으며 그렇다고 영어를 유창하게 하는 것도 아니어서 사람들을 만나도 입을 꾹 다물고 있을 때가 많았다.

*

정축년. 육십갑자 중 열네 번째 해. 그해 TV에선 김정일의 전처이자 성혜림의 조카 이한영이 피습되었다는 보도가 나왔다. 스위스로 유학을 떠났던 그는 미국으로 망명하려다 한국 정부의 끈질긴 설득 끝에 남한을 택했다. 결국 그 선택이 그의 운명을 결정지었다. 북한의 로열패밀리였던 그는 파란만장한 삶을 살았던, 탈북자로서 비극적인 삶을 살았던 사람으로 알려지게 되었다.

큰아버지는 거실에서 이한영의 피습사건을 전하는 뉴스를 보고 있었다. 잠시 후 그는 TV를 끈 뒤 오디오를 틀었다. 이애리수의 〈황성옛터〉가 흘러나왔다.

성은 허물어져 빈터인데
방초만 푸르러

세상이 허무한 것을
말하여주노라

아 가엾다 이 내 몸은
그 무엇 찾으려고

끝없는 꿈의 거리를
헤매어 왔노라

*

큰어머니는 뉴욕 32번가에서 푸드 코트를 운영하고 있었다. 스물
다섯 평 정도 되는 규모였고 손님들도 꽤 많아서 직원도 여러 명을 두
었다. 주로 샐러드와 밑반찬, 밥과 음료수를 팔았는데, 주위의 다른
가게들에 비해 가격도 저렴한 편이어서 제법 많은 사람들이 찾아왔
다. 점심시간에는 발 디딜 틈이 없을 정도였다.

처음에 큰어머니의 푸드 코트에 찾아갔을 때, 생각보다 가게 규모
가 커서 나는 조금 놀랐고 계속 주위를 두리번거렸다. 큰어머니가 이
민 와서 처음부터 푸드 코트를 시작한 건 아니었다. 당시 큰아버지가
가진 것 없이 이민 온 터라 온갖 고생을 다 했다는 얘기를 들은 적이
있었다. 하지만 워낙 근면한 탓에 이민 온 지 15년도 채 안 되어 큰아
버지는 중소기업을 운영하기 시작했다. 생각보다 자금이 원활하게 돌
아간 탓에 이제는 한국에서 온 조카까지 거둘 수 있게 된 것이었다. 훗
날 큰아버지에게 무엇을 돌려드려야 할지 나는 그것만 생각했다.

나는 사업을 하는 사람들이 조금 두려웠는데, 그들은 언제든 이익

이 되지 않으면 가차 없이 버리는 사람이라는 편견을 가지고 있었다. 하지만 가까이에서 접한 큰아버지는 그릇이 크고 기품 있는 사람이었다. 그 와중에도 나는 큰아버지에 대한 의심을 버리지 못했다. 결국 한국 어딘가에 있을 나의 아버지를 생각했다. 그 피가, 그 뿌리가 어디 가지 않을 텐데, 결정적인 순간에 그들 형제가 비슷한 선택을 할 것 같았다. 큰아버지는 사주 명리를 오래 공부한 탓에 사람의 심리를 제법 꿰뚫어 보는 건지, 별말이 없었다.

큰아버지가 정확히 언제부터 역학을 공부한 것인지 내가 아는 바는 없었다. 다만 큰아버지의 아버지, 그러니까 나의 할아버지가 황해도 재령에서 유명한 역술가였다는 얘기를 들은 적이 있었다. 사람들의 사주팔자를 봐주는 사람이었다니.

내 기억으로는 아버지 역시 사주에 관심을 가진 시기가 있었다. 비록 깊이 파고들지는 않았지만. 어느 날 아버지가 이석영의 『사주첩경』을 읽다가 덮는 걸 본 기억이 있다. 나는 불길한 느낌에 그 자리를 피해 결국 방으로 숨어들었다. 하지만 피는 못 속이는지, 큰아버지가 뉴욕으로 오라고 권했을 때 나는 가지고 있던 돈을 털어서 유명한 역술가를 찾아갔다. 미아리에 사는 앞을 못 보는 역학자였는데, 그는 내게 무엇을 알고 싶어서 왔느냐고 물었다.

나는 어떤 선택을 하는 게 좋을지 의견을 듣고 싶다고 했다.

외국에 갈 기회가 왔다, 가는 것이 좋으냐, 안 가는 것이 좋으냐고만 질문했다.

한참 말이 없던 선생은 그저, 가는 것이 좋겠소, 되도록 빨리 가시오, 하고 답했다. 나는 어쩐지 과거를 들킨 것만 같아서 그의 주름진 얼굴을 빤히 쳐다보았다. 사실 그때 운명을 믿었다기보다는 누군가에게 어떤 말이라도 좋으니 조언을 듣고 싶었을 뿐이었다. 그 역술가는 잠시 후에 감명지 한 장을 내밀었고 나는 그걸 별 대수롭지 않게 받아들고는 밖으로 나왔다.

*

사주란 명의 이치를 아는 학문으로서 추명학이라고도 불린다.

세상의 모든 존재는 그릇이 크든 작든 어떤 음양의 조화 속에서 살아간다. 예나 지금이나 명을 추리하는 사람들은 널리 퍼져 있다.

추명학에 따르면 탯줄을 끊고 세상에 나오는 순간, 인간의 중요한 많은 것들이 결정된다고 말하는데, 동일한 날짜, 동일한 시간대에 태어난 사람들은 전국적으로 50명 이상이 된다고 한다.

같은 운명을 지녔다 해도 유전자와 환경, 의지와 노력, 어떤 사람들을 만나느냐에 따라서 한 사람의 운명은 달라진다. 누군가는 한평생 고달프게 살아가고 누군가는 평탄하게 살아가고 누군가는 돈 때문에 고통받으며 누군가는 병으로 고생하는데, 술사들은 그 운명이라는 것을 조심스럽게 예측할 뿐이다.

어둡고 춥던 겨울이 가면 따뜻한 봄이 오듯이, 봄이 가면 더운 여름이 오듯이, 밤이 찾아오면 다시 새벽으로, 시간의 순환은 계속된다. 인간은 그 오묘한 조화 속에서 살게 되는데, 태어나고 죽는 것은 하늘의 이치라 그 누구도 막을 수 없는 것이고 그 누구도 섣불리 장담할 수 없는 것이다.

사주는 열 개의 천간(甲乙丙丁戊己庚辛壬癸 갑을병정무기경신임계)과 열두 개의 지지(子丑寅卯辰巳午未申酉戌亥 자축인묘진사오미신유술해)로 이루어져 있는데, 어떤 글자로 이루어지느냐에 따라 그 사람의 일생을 짐작해볼 수 있다. 운명을 판단하는 일은 조심스럽고 어려운 일이어서, 일종의 소명 의식을 가져야만 운명에 대해 말할 수 있다.

사주팔자에서 좋은 운이란 초년에는 인성운으로 흘러서 공부에 전념하고, 청년기에는 관운으로 흐르고, 중년기에는 재성운으로 흐르고, 노년에는 식상운으로 흘러서 풍류를 즐기고 유람하는 것을 최고로 친다고 한다.

그러나 자신에게 불리한 쪽으로 흘러간다고 해서 슬퍼하고 있을 수만은 없다. 인간은 모든 것을 가질 수 없을 뿐 아니라 누군가는 부모 복으로, 누군가는 자식 복으로, 누군가는 자신의 능력으로 살아가기도 한다. 설령 그중에서 하나가 부족하다고 해서 하늘을 탓하고 원망할 수도 없는 일이다.

살다 보면 가장 어려운 시기에 뜻하지 않게 귀인을 만나 인생의 전환점을 맞이하기도 한다. 사주에서는 일주에 천을귀인이 있는 것을 좋은 뜻으로 해석하는데…….

己　丁　己　己
酉　酉　巳　未

세상을 떠난 나의 쌍둥이 오빠 사주는 이러했다.

오빠의 사주에도 천을귀인이 있었다. 나는 전문적으로 사주를 공부하지 않아 구체적으로 해석할 길은 없었다. 다만 오빠의 사주에 흙과 금이 많다는 것만은 분명히 알 수 있었다.

오빠는 추위를 많이 타는 편이었다. 몸이 좀 허약했고 얼굴에는 황달기가 있었다. 어릴 적에 좋은 음식을 많이 못 먹고 자라 그런지 얼굴에 핏기가 없었고 어딘가 모르게 아파 보였다. 하지만 학창 시절에는 운동신경이 남달랐으며 단거리 경주 선수로 뽑힐 만큼 빠른 스피드와 민첩성을 지니고 있었다. 오빠는 또래들 사이에서 주눅 들지 않았고 남들에게 잘 보이려 애쓰지도 않았다. 평소에는 세상 급할 게 없다는 듯 느릿느릿 움직였으며 일부러 마음의 여유를 가지려고 했다. 단 한 번도 오빠가 여학생을 쫓아다니는 걸 본 적이 없었다. 오빠는 그저 어느 섬에서 고요하게 사는 은둔자처럼 보였다. 태어나서부터 줄곧 한집에서 살았지만 누군가 오빠에 대해 묻는다면 사실 나는 어떤 말도 꺼낼 수 없었다.

이제는 아득하게 흘러간 일이 되어버려서, 아니 오빠가 죽은 뒤 너무 고통스러운 시간을 보낸 탓에, 망각의 신이 현실에서 살아갈 수 있도록 나에게 도움을 준 듯했다. 어쩌면 오빠도 이런 나를 용서, 아니 이해하지 않을까? 그래도 가끔은 누군가에게 쌍둥이 오빠에 대해 얘기하고 싶은 충동에 사로잡혔다. 하지만 내 곁엔 그럴 만한 사람들이 없었다. 중학교 시절에는 따돌림당해 제대로 친구를 사귀지 못했고, 고등학교 시절에는 공부를 잘한 것도 아니고 그렇다고 외향적인 편도 아니어서 한두 명의 친구를 사귈 수밖에 없었는데, 사실 그 우정에도 깊이는 없었다. 그저 내 방식대로 추억을 저장할 수밖에 없었다.

매일 오갔던 그 넓은 운동장과 해 질 녘에 쌍둥이 오빠가 운동장을 뛰던 그 모습을 기억할 뿐이었다.

그때마다 나는 단 한 번도 본 적 없는 친할아버지를 떠올렸다. 이북 사람 특유의 쓸쓸함이 있다면 오빠가 그 피를 물려받은 것 같았다.

재령.

통일이 되면 할아버지의 고향인 황해도 재령에 한번 가보고 싶었다. 언젠가 오빠도 그런 말을 한 적이 있었다. 우리가 열일곱이었던 시기에, 오빠와 을지면옥이라는 냉면집에 갔었다. 식사를 마치고 밖으로 나왔을 때, 입구 쪽에 커다란 북한 지도가 걸려 있는 것을 보았고 약속이라도 한 것처럼, 나란히 서서 황해도 재령의 위치를 확인했다.

언젠가 가볼 수 있겠지.

오빠는 심드렁하게 말했다. 하지만 그의 인생에서 그런 일은 결코 일어나지 않았다. 한국을 떠나오기 전, 나는 다시 그 냉면집에서 가서 커다란 북한 지도를 보며 그와 함께했던 지난날을 떠올렸다. 멀리 뉴욕으로 건너온 후에도 거리를 오갈 때, 지하철을 탈 때, 낯선 지역으로 이동할 때, 맨해튼의 지도를 들여다보며 그를 떠올렸다. 그 기억은 끈질긴 것이어서 나는 마치 어떤 형벌이라도 받는 느낌이었다.

*

을축년. 육십갑자 중 두 번째로 표기되는 해로서, 1985년에 찾아온 을축년에 나는 교통사고를 당했다.

내 나이 일곱 살이었다. 사주 명리에서 말하는 축술미 삼형살에 걸리던 해였다. 삼형살에 걸리면 각종 사고가 일어나거나 운이 나쁘면 감옥에 갇히거나 병을 앓기도 한다.

나는 오토바이에 치여 머리를 다쳤고 병실에서 깨어났다. 당시 사고를 냈던 가난한 신혼부부는 어린아이가 신호를 어기고 도로에 뛰어들었다고 했는데, 나는 도로에 뛰어든 적이 없었다. 살기 위해 그들은 거짓말을 했고 결국 합의를 보았으며 병실에 누워 있는 내 모습을 보고 조용히 돌아갔다. 다행히 3개월 만에 퇴원할 수 있었다.

그로부터 11년 후.

가끔 오빠를 따라 산에 다녔다. 오빠는 자주 산을 오르던 사람이었다. 나 역시 그곳에 가면 마음이 안정되긴 했지만 특별한 날이 아니고서는 잘 가지 않았다.

그날은 무슨 영문인지 오빠를 따라가야겠다고 집을 나섰는데, 그 일요일 저녁 하산하던 시간에 운명을 결정짓는 일이 벌어지리라고는 결코 예상하지 못했다. 오빠는 나에게 뭔가 보여주기라도 하듯 가파른 코스를 선택했고, 나는 말없이 그의 뒤를 따라갔다.

가을날이었고 워낙 인적이 없는 코스라 뭔가 두려운 마음이 들기는 했지만 몇 시간만 견디면 된다는 생각에 지친 상태로 산 중턱에서 준비해온 도시락을 먹었고 다시 내려갈 준비를 했다. 생각보다 조금 늦게 하산에 나섰는데, 내가 앞서 걸었고 오빠는 그 뒤를 따라서 내려왔다. 해 질 무렵이었다. 가파른 바위를 막 지났을 무렵, 뒤에서 발소리가 나지 않았고 내가 뒤를 돌아보았을 때는 아무도 없었다. 지금은 흔한 휴대전화가 아직 없던 시절이라, 왔던 길을 되돌아가는 수밖에 없었다. 설마 사고가 났을 거라고는 생각하지 못했다.

차라리 누군가 오빠를 밀치고 달아났더라면 그 가해자를 원망이라

도 할 수 있을 텐데, 나는 아무것도 할 수 없었다. 결국 누구의 탓으로
도 돌릴 수 없는 실족사였다. 만약 오빠가 일반적인 평범한 가정에서
자랐다면, 부모는 함께 산행을 떠난 딸을 원망했을 텐데 다행인지 불
행인지 나는 누구에게도 비난받지 않았다. 어떤 통곡이나 증오나 간
절함이나 애절함이나 자학하는 몸짓을 보일 부모가 우리 곁에 없었
으므로, 마음만 먹으면 죄책감에서 놓여날 수 있었다.

　물론 어떤 감정에 사로잡히고 놓여나는 게 마음먹은 대로 이루어
지는 것도 아니었다. 사실 쌍둥이 오빠의 죽음은 내 탓이 아니라고 얘
기하고 싶었다. 어떤 면죄부라도 받고 싶었고 그저 같은 시간대에 같
은 공간에 있었던 것뿐이라고 말하고 싶었다. 어차피 한 사람의 목숨
이, 명이 정해져 있는 거라면 조용히 산책을 떠나듯 멀리 가버린 거라
고 나는 믿고 싶었다. 그러지 않고서는 살아갈 길이 보이지 않았다.

입춘

눈 속의 봄은 멀지 않았으니

뉴욕에 와서 가장 다행스러운 건 낯선 사람들 속으로 숨을 수 있다는 것이었다. 사람들 속에서 뜻하지 않은 폭력을 겪을 수도 있지만 다른 한편으로 익명의 사람들 속에서 삶을 지탱한다는 느낌을 받았다.

완전한 이방인. 그 속에 놓인다는 건 차라리 다행스러웠다.

큰아버지 댁에 얹혀살면서 공짜로 밥을 먹고 생활비도 내지 않는다는 게 어쩐지 불편하여, 그 누구도 눈치를 주지 않았음에도 어느 날 내가 먼저 큰아버지께 어떻게든 도움이 되고 싶다고 말을 꺼냈다.

큰아버지는 학업에 충실하면 된다고 얘기했지만 큰어머니는 한동안 가게 일을 도와줄 수 있느냐고 내게 물었다. 어차피 세상에는 공짜가 없는 법이어서 마트 일이든 식당 일이든 할 수 있는 건 다 해볼 생각이었다. 과거에 어머니가 생활력이 강했던 것처럼 나에게도 억척스러운 면이 있었다. 고된 인생을 헤쳐갈 방법은 부지런히 몸을 움직이는 것뿐이라고 나는 생각했다.

큰아버지는 한때 사업이 어려웠던 적도 있었지만 재기에 성공한 터여서 조카의 학비는 해결할 수 있는 경제력을 지녔다. 하지만 다른 가족이 있었기에 나는 완전히 기대기만 할 순 없었다.

큰어머니의 제안이 있은 후, 나는 가게에 나가 바닥 청소를 하고 쓰레기통을 비우고 유리창을 닦았다.

가게에서 일하는 직원은 여덟 명이었다. 그들의 표정은 왠지 모르게 굳어 있었고 말을 걸 수 없을 정도로 고단해 보였다.

처음에 나는 청소만 했고 그다음에는 일회용 그릇에 밑반찬을 담았고 그다음에는 김밥을 말았고 주방으로 들어가 간단한 일을 도왔다. 일이 서툴러서 몹시 애먹었지만 시간이 지나면서 조금씩 적응이 되었다. 큰어머니는 나에게 단 한 번도 카운터 일을 맡기지 않았다. 돈을 계산하는 건 어디까지나 다른 직원의 몫이었다.

큰어머니는 여장부 타입이었다. 남편이나 자식에게 전적으로 의지하고 사는 사람은 아니었다. 주도적으로 자신의 인생을 개척하며 사는 여자처럼 보였다. 그 강인함은 낯선 타국에서 살아가기 위해서 필요한 것이겠지만 그 때문에 그녀를 어려워하는 사람들이 많았다. 그건 나 역시 마찬가지였다. 큰어머니가 가게에 오면 주변 공기가 달라졌다. 다른 직원들도 긴장하는 것 같았다.

큰아버지 가족이 미국에 와서 처음 정착한 지역은 뉴욕이 아닌 로스앤젤레스였다. 큰아버지와 큰어머니는 가방 사업을 시작했는데, 불운하게도 1992년 로스앤젤레스 폭동이 일어나서 큰어머니의 가게가 완전히 불에 타버렸다. 그런 일을 겪은 후에 그들은 동부로 건너왔다. 당시 구체적으로 무슨 일이 있었는지 나로서는 알 길이 없었다. 훗날 기사로 접하기는 했지만 어떤 약탈과 고통과 희생이 있었는지, 그 시간 속에서 큰어머니가 어떤 깨달음을 얻었는지 구체적으로 물어볼 수는 없었다. 고통스러운 과거를 묻지 않는 건 한 사람에게 차릴 수 있는 최소한의 예의였다. 만약 큰어머니가 나에게 다가와서 등을 두드리거나 힘들어서 어쩌냐고, 우리에게 기대라고 말했다면 나의 존재는 한없이 작아졌을 것이다. 모른 척했다는 것은 다행스러운 일이었고 그것은 하나의 위안이었다.

한인 타운에서 푸드 코트를 운영하고 있다는 것은 어느 정도 경제적으로 안정되었다는 뜻이기도 했다. 돈 때문에 힘들었던 시기는 지나갔으며 과거보다는 나아졌다는 것을 의미했다. 그로 인해 주위에 있는 한인들이 큰아버지 부부를 시기했는데, 가게에서 일하는 사람들 중에도 그런 이들이 여럿 있었다. 그러나 내가 그분들의 조카라는 걸 알게 되면서 내 앞에서 대놓고 험담하진 않았다.

그들은 함께 일하면서도 결정적으로 그 누구도 믿지 않는 것 같았다. 필요에 의해 움직이고 대화를 나누는 것 같았다. 나는 가게 안에서 말을 아껴야 된다고 생각했고 그 누구와도 가까워지지 않으려 노력했다. 어떠한 연유로, 어떠한 사연을 겪고 이곳으로 온 것인지 누구에게도 말하지 않았다. 불필요한 대화는 하지 않는 게 최선이었다.

큰어머니 가게에서 일을 시작한 지 일주일째 되던 날, 낯선 직원 한 명이 자동차에서 내리자마자 커다란 박스를 들고 가게로 들어왔다.

때마침 밖에는 진눈깨비가 쏟아지고 있었다. 몹시 추운 날이었지만 그는 얇은 재킷 하나만 걸치고 있었다. 안경 너머로 보이는 그의 눈동자가 워낙 맑아서 나는 청소 일을 멈추고 그를 쳐다보았다.

그는 주말마다 나와서 일하는 남자 직원이었다. 사람들에게 지나치게 친절하거나 관용을 베푸는 사람으로 보이지는 않았다. 물건 옮기는 일을 다 마친 후에 그는 의자에 앉아서 깊은 한숨을 내쉬었다.

나이는 나보다 많아 보였지만 대학생은 아닌 것 같았다. 그렇다면 돈이 없어서 일찍 생활 전선에 뛰어든 건가. 무슨 사연이 있기에 저렇게 지친 표정을 짓는 걸까. 나는 일부러 시선을 다른 쪽으로 돌렸지만 이번에는 그가 내 쪽을 쳐다보았다. 갑자기 가게에 나타난 나의 존재가 궁금하기는 했을 것이다. 시간이 지나면 큰어머니의 조카라는 사실을 알게 될 테니, 나로서는 먼저 일어나 인사하고 싶지는 않았다.

그보다 창밖에 내리는 진눈깨비가 더 반가웠는데, 죽은 오빠와 함께 다녔던 그 설산을 떠올릴 수밖에 없었다. 흰빛에 대한 추억은 좀처럼 잊을 수 없었다. 하지만 나는 아주 멀리 있었고 꿈에서만 돌아갈 수 있을 뿐, 이제는 오빠와 함께했던 그 시간 속으로 걸어 들어갈 수 없었다.

너구나.

한참 의자에 앉아 휴식을 취하던 그가 나에게 다가와 말을 건넸다.

너구나. 이미 나를 알고 있다는 뜻이었다. 나는 어색한 표정을 지으며 고개 인사를 했다. 무심코 그와 악수를 나누었다. 추운 바람을 뚫고 온 탓인지 그의 손은 너무 차가웠고 나는 급하게 손을 빼서 주머니 속에 집어넣어야 했다.

혹시, 너 태어난 시간을 알고 있니?

나는 굳게 입을 다문 채 그의 얼굴을 빤히 쳐다보았다. 가까이서 보니 선해 보이는 얼굴이었다. 피부는 깨끗했고 눈매는 조금 처져 있었고 미소를 지을 때 오른쪽 뺨에 보조개가 생겼는데, 어쩐지 모성을 자극할 법한 얼굴이었다. 하지만 단지 외모만 가지고 내가 그에게 끌렸다고 말할 수는 없었다. 나는 세상일에 시큰둥해져 있는 상태였으므로 낯선 사람이 먼저 다가와 아는 척을 해도 선뜻 마음을 열 수 없었다.

알고는 있어요.

그러면 잠깐 이쪽으로 와볼래?

그는 빈 테이블로 나를 데려갔다. 나는 의자에 앉아서 생년월일과 태어난 시간을 종이에 적었다. 그러자 그는 주머니 속에서 작은 책을 꺼내 몇 장 뒤적이더니 수그리고 있던 등을 꼿꼿이 폈다.

그렇구나.

그게 무슨 뜻인지 나로서는 알 길이 없었다. 이미 내가 어떤 사람인지 파악했다는 건가? 그 사람의 그릇과 행동, 심리까지도 다 알고 있다는 건가? 나는 어떤 것도 물어볼 수 없었다.

그만 일어날게요.

나는 그렇게 말했고 그는 알겠다는 듯 고개를 끄덕였다. 그사이 그는 종이에 뭔가를 적어서 나에게 내밀었다.

清君莫謂艱難事 (청군막위간난사)*
雪裏臧春不遠期 (설리장춘불원기)

---

* 김기점(金基點)의 한시에서 인용.

이게 무슨 뜻인가? 나는 몹시 불쾌해져서 종이를 주머니 속에 구겨 넣고는 가게 밖으로 나와버렸다.

대체 무슨 뜻일까? 나는 고개를 저으며 눈이 잔뜩 쌓인 미끄러운 길 위를 걸어갔다. 철 지난 팝송이 가게 스피커에서 울려 퍼지고 있었다. 어딘지 모르게 뉴욕에서 만난 사람들은 역동적으로 보였다. 서울에서 만난 사람들과 다르게 이곳 사람들은 굉장히 에너지가 넘쳐 보였고 인생의 빛을 찾아서 나아가는 것 같았다. 물론 맨해튼에서 만난 사람들과 플러싱에서 만난 사람들은 분명 차이가 있었다. 내가 머무는 플러싱에는 백인들보다 중국인들이 더 많았다. 나는 맨해튼에서 더 편안함을 느꼈다. 비로소 세계의 중심으로 발을 들여놓았다는 생각에 안도의 숨을 내쉬었다. 중심이라니. 아무리 그래도 나는 그저 이방인에 불과했다. 하지만 하루하루가 지나면서 낯선 도시 생활에 익숙해졌다.

그날 밤 집으로 돌아왔을 때 거실은 텅 빈 듯 고요했고 나는 아무 일 없다는 듯 계단을 올라가서 방으로 들어갔다. 집 안은 복층 구조로 되어 있었다. 일층엔 큰아버지 부부가 머물렀고 이층에는 사촌언니와 내가 머물렀다. 나는 몹시 피곤함을 느끼며 방문을 열었고 침대에 앉아서 그가 건네준 종이를 들여다보았다.

淸君莫謂艱難事
雪裏臧春不遠期

그대여 간난사를 말하지 마오.

눈 속의 봄은 멀지 않았으니.

이것은 시인가? 뭔가 자세히 아는 게 있어서 이런 글을 적은 건가?
간난사를 말하지 마오. 봄은 멀지 않았으니. 가난하고 어려웠던 시
절은 이미 과거의 일이었다.

다시 가게에서 마주치면 그에게 직접 물어볼 생각이었다. 어디서
부터 어떤 얘기를 꺼내야 할까. 그는 뭐라고 답변해줄까. 그러나 다시
주말이 되어도 그를 만날 수는 없었다. 나는 조금 실망했지만 그 쪽지
에 큰 의미를 두지 않으려 했다. 그에 대해서는 아는 게 없었다. 이름
이나 나이, 심지어 무엇 때문에 뉴욕에서 머무는 것인지, 교포인지 아
니면 유학생인지 전혀 아는 게 없었다.

가게에서 일하는 직원 중 누군가에게 묻고 싶었으나 그것도 어색
하고 부질없는 일 같아서 나는 입을 꾹 다물고 있었다. 그런데 다시
주말이 되었을 때, 그가 가게로 찾아왔다. 아니 정확히 말하면 내가
출근했을 때, 그가 주방에서 칼질을 하고 있었다. 큰어머니 가게에서
잡일을 하는 건가? 그냥 손에 잡히는 대로 이것저것 도와주는 건가?
그는 주방에서 나와 큰어머니 대신 카운터를 보기도 했다. 분위기로
보아 큰어머니와는 서로 익숙한 사이인 것 같았다.

그는 나와 눈이 마주쳤을 때, 살짝 미소를 지었는데 나는 그의 보조
개가 썩 마음에 들지 않아서 일부러 고개를 돌렸다. 뭘 저렇게 웃나.
여자보다 더 예쁘게 웃는 것 같아서 순간 기분이 언짢아졌다.

저런 타입의 남자를 좋아하는 여자도 있겠으나 내가 좋아하는 타
입은 아니었다. 나는 오히려 학교에서 마주치는 영국 남자들이 마음

에 들었지만 그들은 나에게 관심조차 없었다. 사실 학교생활에 적응하지 못했고 제대로 수업을 따라가지 못해서 학교를 그만둬야 하나 갈등하고 있었다. 배움에 대한 열정이 있는 것도 아니어서, 그냥 되는 대로 살아가고 있었다. 그러다 보니 차라리 학교에 있는 것보다 가게에 나와 있는 게 마음이 편했다. 일하고 나면 돈이 쌓였고 거리를 오갈 때면 자유를 보상받는 것 같았다.

가게에서 다시 만났을 때, 그는 비로소 자신의 이름을 박재령이라고 소개했다.

재령? 어디서 많이 들어봤는데.

그 순간 나는 오래전 기억 속에 있던 어느 지명을 떠올렸다.

죽은 나의 쌍둥이 오빠와 함께 들여다보았던 그 지명. 재령이라는 이름을 듣는 순간, 나는 어떤 작은 고개를 넘어가는, 아니 설산을 넘어가는 느낌이었다. 어쩌면 재령이라는 곳으로 영원히 가지 못할 수도 있었다. 자유롭게 북한을 오가는 그날이 온다 해도 운명이 쉽게 그쪽으로 이끌지는 못할 거라는 예감이 들었다. 그 모든 일에 대해서 내가 박재령에게 더 설명할 수는 없을 테고, 그 역시 알아듣지 못할 터였다.

아니 머리가 좋아서, 남들보다 인생 경험이 풍부하고 남들보다 간파하는 능력이 뛰어나다 할지라도 나는 비밀을, 가슴속의 사연을 선불리 털어놓을 수는 없었다.

이름이, 박재령이라고요?

나는 다시 확인했다. 그는 옅은 미소를 지으며 나를 쳐다보았다. 그 모습을 보면서 조금 안도했다. 일이 끝나고 몇 가지 궁금한 걸 물어보려 했다. 하지만 그는 자신이 알고 있는 걸 조심스러워하듯 섣불리 패를 보이지 않았다. 다만 그는 나중에 커피 한잔하자, 그때 얘기하자며 거리를 두었고 나는 그와 마주 앉게 될 날을 기다렸다. 마침내 기회가 찾아왔을 때, 나는 긴장된 표정으로 커피잔을 매만졌다.

내 사주엔 물이 많은데, 너는 그렇지 않더구나.

나는 고개를 숙인 채 그의 말을 들었다.

추운데, 더 마실래?

네.

커피를 좋아하니?

자주 마셔요.

쉬는 날엔 주로 뭘 하니?

그냥 있어요.

그냥?

네.

너는 글을 써봐도 괜찮겠구나.

왜요?

너의 사주에 문창성이라는 게 있거든.

문창이요?

답답할 때는 글을 한번 써봐도 괜찮겠구나.

나는 입을 다물었다. 그간 살아오면서 그 누구도 나에게 미래에 대해 얘기해준 적은 없었다. 쌍둥이 오빠는 자상한 편이 아니었고, 오히려 나를 면전에서 윽박지를 때가 많았다. 나는 다정함이 그리웠지만 그건 타인에게 원한다고 해서 얻을 수 있는 게 아니었다. 큰아버지가 명리학에 조예가 깊다고 해도, 조카에게 다 털어놓는 성격은 아니어서 나도 굳이 미래에 대해 물어본 적은 없었다.

그런데 눈앞에 앉아 있는 이 젊은 남자는 누구인가. 뭔가 공부를 한 것 같기도 하고 아닌 것 같기도 하고, 누군가를 속이려고 하는 것 같기도 하고 아닌 것 같기도 하고, 다른 사람들보다는 좀 정직해 보이는데. 그렇다고 한 사람에 대해 쉽게 판단 내릴 수 없었다. 섣불리 상대를 믿었다가 오히려 화를 당할 수도 있었다. 내가 했던 말들을 큰어머니에게 일러바칠 수도 있었고 다른 직원들에게 떠벌릴 수도 있었다.

그렇게 입이 가벼운 남자라면. 나는 조심스럽게 그가 어떤 사람인지를 살폈다. 다행스럽게도 한 시간 남짓 마주 앉아 있으면서 그는 나에게 불편한 질문은 하지 않았다. 오히려 내가 그에게 몇 가지 질문을 했다.

저기 혹시 말이에요.

그래.

대학생이세요?

아니.

그러면?

이제 곧 대학에 가려고. 학비를 버는 중이야. 공부를 많이 하고 싶어.

공부를요?

공부하는 걸 좋아해.

그날 마지막으로 나눈 대화는 그게 다였다. 얼마나 공부에 한이 맺혔으면 늦은 나이에 대학에 가려고 하는 걸까. 입학금을 모은다 해도 동부에 있는 좋은 대학에 가기는 어려울 텐데.

어쩌면 나도 모르게 그를 무시한 걸 수도 있었다. 추운 날 변변한 외투 하나 없이 일하는 모습이나 이따금 힘없이 다니는 그의 표정으로 봐서 미래가 썩 좋을 것 같지 않았다. 나는 그를 연민의 시선으로 보고 있었다. 하지만 그런 나와 다르게 큰아버지 부부는 내심 그를 좋아하는 눈치였다.

어느 날 큰아버지 집에서 박재령을 다시 만났다. 무슨 일로 그가 찾아온 건지 알 길이 없었다. 작은 정원에는 아직 녹지 않은 눈이 쌓여 있었고 사람이 다니는 길은 꽁꽁 얼어 있었다. 매서운 추위를 피하기 위해 급하게 집으로 들어서는데 현관 앞에서 박재령의 신발이 눈에 들어왔다.

조심스럽게 거실로 들어섰을 때, 그는 큰아버지 식구들과 단란하게 식사를 하고 있었다.

아, 저들 사이에는 뭔가 끈끈한 게 있구나.

그런 생각을 하지 않을 수 없었다. 섣불리 들어갈 수 없는 장막 같은 게 있구나. 나는 그렇게 짐작했다.

왔구나.

나를 가장 먼저 본 건 사촌언니였다. 밥은 먹었니, 하고 사촌언니가 물었고 나는 잠시 당황한 채 그 자리에 서 있었다.

그래. 이쪽으로 와라.

이번엔 큰아버지가 나에게 말했고 나는 그 말을 무시할 수 없었다.

그러지 않아도 언제 오나, 기다렸다.

잠시 후 박재령도 고개를 돌려서 나를 바라보았는데, 평소보다 더 차분해 보였다. 사장님 가족과 직원 사이라고 말하기에는 뭔가 더 끈

36

끈한, 그들 사이를 연결하는 내밀한 것이 있어 보였다.

오래전부터 알던 사이구나. 그들에게 다가가면서 그렇게 직감했다. 그들과 마주 앉아 식사하면서 박재령이 어떤 얘기를 하는지 듣고만 있었다.

나는 어떤 말도 하지 않았고 평소보다 급하게 밥을 먹었다. 식탁에 놓인 갈비는 내 팔이 닿지 않을 정도로 멀리 있어서, 그저 나물 반찬을 먹으며 허기를 달래야 했다. 그러다 문득 내가 너무 없이 자란 티를 내는 거 아닌가 싶어서 움찔했다.

서로들 알고 있지?

큰아버지는 나를 소개했고 박재령은 고개를 끄덕였다. 큰아버지의 눈빛은 평소보다 더 따뜻해 보였는데 나는 그의 고향 때문일 거라고 짐작했다.

재령. 그리움과 애틋함을 환기시키는 이름이라는 것. 향수와 고독과 안쓰러움과 연민을 떠올리는 이름이라는 것. 불현듯 박재령을 큰아버지 가족들로부터 밀어내고 싶었으나 내게는 그럴 만한 자격이 없다는 걸 깨달았다. 멀리 한국에서 자신의 조카가 왔을 때는 호들갑스럽게 맞아주거나 기쁨에 겨운 표정을 지은 적이 없으면서 별 볼일 없는 청년에게 왜 이리 따뜻한가. 그렇다고 큰아버지가 나에게 냉정하거나 무심했던 건 아니었다. 어쩌면 나를 볼 때마다 한국 어딘가에 숨어 있을, 몹시 찌그러진 상태로 살고 있을 자신의 동생을 떠올리는 것일 수도 있었다. 그러자 문득 씁쓸한 기분이 들었다.

아니 그렇다 해도 나는 그에게 고마운 감정을 가져야 했다. 그는 나에게 다른 시간 속에서, 다른 삶을 살 수 있도록 기회를 준 사람이었다. 그런 기회는 인생에서 좀처럼 찾아오지 않는 법이었다.

다 같이 거실 소파에 앉아서 차를 마시면서도 나는 단 한 마디도 하지 않았다.

박재령이 몇 번 나를 쳐다보는 걸 느꼈지만 나는 애써 무심한 척 시선을 피했다. 밖에서 차를 한잔 마셨다고 해서 가족들이 다 보는 앞에서 일부러 친한 척할 필요는 없었다.

박재령은 일이 있다며 자리에서 일어났는데, 그의 가방은 몹시 무거워 보였다. 저렇게 짐을 많이 들고 다니나. 책이 들어 있는 것 같기도 했고 옷이 들어 있는 것 같기도 했다. 그가 어깨에 배낭을 메고 나갈 때 나는 정중하게 고개를 숙여 그에게 인사했다. 어쩌면 나의 정중함에 그가 서운함을 느꼈을 수도 있었다. 설령 그렇게 느꼈더라도 어쩔 수 없었다. 만약 내가 조금 더 따뜻하게 동생으로서 오빠 대접을 해주었더라면, 정감 있게 다가가 다음에 보자고 인사했더라면 그가 미소를 지으며 자리를 떠났을까. 나는 박재령을 가게에서 오가는 손님처럼 무심한 눈길로 바라보았다.

근데, 저 사람은 갑자기 왜 온 거예요?

나는 이층 계단에 서서 사촌언니에게 물었다.

갑자기는 아니고. 가끔 와.

가끔이요?

저 사람은 아버지에게 역학을 배웠어.

그렇다면 사주 명리를 배웠다는 말인가? 나는 단번에 사촌언니의 말을 이해했다.

사촌언니는 재빨리 계단을 올라가서 자신의 방으로 들어갔다. 그녀가 지나간 자리에 어떤 향기가 고스란히 남았다. 자스민 향 같기도 하고 페퍼민트 향 같기도 했는데, 그 이후 사촌언니를 볼 때면 그 냄새가 강렬하게 기억되어 나와는 다른 부류의 사람이라는 느낌을 지울 수 없었다.

어쩌면 미국 명문대에 다닌다는 이유만으로 내가 그녀를 동경한 걸 수도 있었다. 그렇다고 사촌언니가 공부만 파고드는 사람은 아니었다. 주말이면 친구들과 함께 바닷가를 찾았고 자주 모임에 참석했다. 뭔가 고립된 생활을 하는 사람은 아니었다. 인생을 받아들이는 유연함이랄까. 자신이 노력해서 획득한 지성이라는 게 그녀의 안경 너머로 비칠 때가 있었다. 처음에 뉴욕 JFK공항에서 만났을 때는 머리를 질끈 묶은 수수한 차림이었지만 이따금 특별한 약속이 있을 때면 머리를 풀어헤치고 드라이를 했는데, 그때는 정말 다른 사람처럼 보였다. 어딘가 모르게 고급스러워 보였고 옷을 선택하는 취향에도 안목이 있었다.

그렇다고 내가 그녀에게 상대적 박탈감을 느낀 건 아니었다. 예민하게 굴어봤자 나에게 득이 될 게 없었다. 내가 가진 건 오래전 한국에서 쌍둥이 오빠와 함께한 그 시간, 추억이 전부였지만 그것을 사촌언니에게 일일이 말할 필요는 없었다. 분명 시간 낭비가 될 테고 그녀도 누군가의 사생활을 알고 싶어 하지는 않을 것 같았다. 물이 흐르는 것처럼 고요하게 섞이면 된다. 사람들과 다투지 말아야 한다. 나도 모르게 그런 다짐을 했다.

가게에서 다시 박재령을 본 건 그로부터 일주일이 지난 후였다. 그는 평소처럼 카운터 앞에서 계산 업무를 담당했다. 가게에서 일하는 직원들은 박재령을 영이라고 불렀다. 그렇다면 나 역시 그렇게 불러야 하나? 하지만 나는 그를 오빠라고 부르거나 영이라고 부르지 않았다. 나에게는 박재령일 뿐이었다. 굳이 다정한 호칭을 써서 그와 가까워지거나 공감대를 형성할 필요는 없었다. 오히려 재령이라는 이름이 마음에 들었는데, 큰아버지가 자신의 고향을 그리워하듯 나 역시 이번 생에서는 가기 어려운 어떤 장소를 그리워하고 있는지도 몰랐다.

다시 박재령을 보았을 때, 나는 그를 의심의 눈길로 바라보았다. 명리를 배웠으면서도 내 앞에서는 모른 척했구나. 애써 숨기려고 했나. 하긴 사주팔자에 대한 인식이 그리 좋지 않다는 걸 나 역시 알고 있었다. 엄연한 학문으로 접근하는 경우도 있지만 그걸 이용해서 사기 치는 인간들이 너무 많았다.

운명을 가지고 상대의 마음을 좌지우지하는 경우, 그 앞날이 두려워서 돈을 갖다 바치는 경우가 허다하지 않은가. 세상에는 얼마나 많은 사기꾼들이 있나. 나의 할아버지가 사주뿐 아니라 주역, 풍수에도 능한 사람이었다는 얘기를 들었을 때 나도 모르게 기분이 언짢았다. 왜 하필 많고 많은 학문 중에서 그걸 택했나.

나는 뿌리라는 걸 숨기고 싶어졌다. 물론 그분도 살아 있는 동안, 사람들로부터 무수한 오해와 편견과 압박을 받았을 수도 있었다. 그런 일을 하는 사람은 타고나는 건가. 사명감으로 하는 건가. 아니면 돈 때문에 하는 건가.

나는 할아버지에 대해 자세히 아는 게 없었으므로 섣불리 단정 지을 수 없었다. 할아버지는 강직한 성품이었다는데, 아마도 나의 아버지보다 큰아버지가 그 영향을 받은 것 같았다. 삼형제 중에 둘째 큰아

버지는 사주팔자나 주역에는 전혀 관심 없었고 오로지 돈 버는 데에
만 치중하는 사람이었다. 삼형제라지만 각기 달라서 섞일 수 없는 사
람들이었다.

막내였던 나의 아버지는 유독 반항기를 지녔는데, 형들을 따라가
지 못한다는 자격지심이 그 안에 숨어 있었다. 그게 얼마나 못나 보이
는지 아버지는 끝내 알 수 없을 것이다. 사람이 지닌 그릇은 저마다
다르다.

내가 부모를 통해 본 것은 세상을 향해 쏟아내는 불만과 원망뿐이
었지만 그것 역시 운명이라는 생각이 들었다.

나는 부모에게 물려받은 것이 없었기에, 박재령을 따뜻한 눈길로
바라볼 수 없었다. 객관적으로 보면 그는 자신의 일을 성실히 하는 사
람이었고 누구에게도 피해를 주지 않으려는 조용한 사람이었다. 하
지만 뭐랄까. 저 사람이 나보다 나은 사람이라는 느낌이 나를 불편하
게 했다.

어느 날 박재령이 청소를 하고 있는 나에게 다가와 물었다.

너, 술은 좀 마시니?

나는 그를 쳐다보았을 뿐 아무 대답도 하지 않았다.

나는 술을 좋아해.

그 말을 한 뒤에 그는 카운터 쪽으로 가버렸다. 사람을 놀리는 것도
아니고 갑자기 다가와서 술 얘기를 하나? 좀 뜬금없다는 생각이 들어
서 그의 말을 신경 쓰지 않으려 했다. 그런데 퇴근하기 전에, 큰어머
니가 직원들과 회식하라며 박재령에게 신용카드를 건네주었다.

젊은 사람들 모임에 끼고 싶지 않은지, 큰어머니는 바로 가방을 들

고 밖으로 나가버렸다. 직원들은 일을 정리하면서도 모처럼 고기를
먹는다는 생각에 들떴다.

그날 밤, 다 같이 한인 타운에 있는 고깃집으로 몰려갔다. 다들 젊
은 사람들이었고 그중에는 대화조차 나눠보지 않은 직원도 포함되어
있었다.

어쩐지 조금 긴장되었지만 분위기에 젖어들 수밖에 없었다. 사람
들과 익숙해지는 게 급선무였고 이 생활에 적응해야 했다. 그 누구도
나에 대해 자세히 알지는 못하겠지만 아니 관심도 없겠지만 나는 몹
시 불편한 자세로 앉아 있었다. 그런데 내 앞에 눈에 띄는 직원이 있
었다.

그녀는 다른 사람을 전혀 의식하지 않은 채 박재령 옆에 붙어 있었
다. 박재령이 잠시 자리에서 일어섰을 때, 어디에 가느냐고 그의 등을
찰싹 때렸고 어서 앉으라며 옆에서 챙겨주기도 했다. 나는 그녀의 얼
굴을 바라보았다.

명진애. 그녀의 이름은 진애라고 했다.

그녀는 긴 파마머리를 손가락으로 비비 꼬고 있었다. 피부는 하얀
편이었으며 눈매는 날카로웠고 인상이 좀 강해 보였다. 입술 위에는
점이 있었고 뺨은 붉게 달아올라 있었다. 광대뼈가 튀어나온 편이었
고 웃을 때마다 유독 흰 이가 드러났는데, 앞니가 커서 어쩐지 놀란
토끼를 연상시켰다. 화려한 걸 좋아하는지 커다란 링 귀걸이를 하고
있었다.

우리 테이블 좀 봐요. 고기가 너무 적은 거 아니야?

그녀는 거침없이 말을 늘어놓았다. 누구의 눈치도 보지 않고 젓가

락을 들었으며 고기가 익을 동안 급하게 반찬을 먹었다. 여기, 반찬 좀 더 줘요. 그녀는 종업원에게 소리쳤으며 왜 이렇게 적게 주냐고 투덜거렸다.

테이블은 좌식 구조로 되어 있었는데, 나는 박재령과 명진애와 하필 같은 테이블에 있었다. 명진애가 박재령을 쳐다보는 눈빛이나 그에게 하는 행동을 봐서 나는 그녀가 그를 좋아하고 있다는 것을 알아차렸다. 나뿐 아니라 다른 사람들도 한눈에 알아볼 정도였다. 나는 애써 무심한 척을 하며 맥주잔에 따라놓은 술을 빤히 바라보았다.

왜, 안 먹어? 맞은편에 앉은 명진애가 나에게 물었지만 나는 아무 대꾸도 하지 않았다. 처음부터 반말을 사용하는 게 어쩐지 기분이 나빴지만 그걸 직접 드러내지 않았다. 실내의 온도 때문인지 내 얼굴이 붉게 달아오르는 것 같았다. 결국 나는 열기를 견디지 못하고 고기 굽는 연기로 현기증까지 나서 바람을 쐬기 위해 밖으로 나갔다.

그사이 명진애는 계속 술을 마셨다. 무엇이 그리도 기분 좋은지 연신 깔깔거리며 웃음을 터뜨렸다. 내가 다시 고깃집으로 들어갔을 때, 이미 명진애 앞에 놓인 소주병은 비어 있었다.

이거, 내가 다 마신 거야, 꼬마야. 나는 명진애의 그 말에 개의치 않았다. 술을 좋아한다고 말했던 박재령은 무슨 일인지 소주를 입에 대지도 않았다.

잠시 후 명진애는 화장실에 가기 위해 비틀거리며 자리에서 일어섰다. 자신의 자리에 아무도 앉지 못하게 점퍼를 미리 올려두었다. 갑자기 그녀가 밖을 내다보면서 어, 눈 온다, 하고 크게 소리를 질렀다. 그때 나는 박재령과 눈이 마주쳤다. 밖을 내다보던 그가 나에게 말했다.

나는 대설이 지나고 태어났어.

그는 그 말을 하고는 술을 한 모금 마셨다. 그저 목을 축이는 것 같기도 했는데, 나는 그가 어떤 말을 할지 기다렸다.

나는 고향이 광주야.

네?

광주에 가본 적 있니?

아니요.

그가 물었을 때, 나는 그렇게 대답했다. 명진애가 다시 자리로 돌아오자 그는 다시 입을 다물었다. 무슨 얘기를 했느냐고 명진애가 물었고 아무 얘기도 하지 않았다고 내가 대답했다. 특별한 얘기는 하지 않았다. 대설이 지나고 태어났어. 고향이 광주야. 그 두 마디가 전부였다. 하지만 거기에 자신의 출생과 뿌리가 고스란히 다 들어 있었다. 물론 그것으로 한 사람을 설명할 수는 없었다.

내가 그에게 관심을 주지 않아도 그는 충분히 사람들에게 관심을 받고 있었고 명진애가 곁에서 신경 써주고 있었다. 그러나 그는 조금 부담스러워하는 눈치였다.

여자친구인가? 그들이 연인 관계라 해도 나와는 아무 상관이 없었다. 그런데 어쩐지 명진애가 가까이 있는 나를 더 의식하는 것 같았다. 박재령이 나에게 관심을 가질까 봐 경계했고 대화를 차단하려고 했다. 그걸 눈치챈 나는 애초부터 그에게 말을 걸지 않았다.

박재령이 큰아버지 댁에 드나드는 걸 명진애는 모를 텐데. 어쩌면 그들과 어울리는 것조차 질투하지 않을까. 거리를 두라고 말하지 않을까. 그렇게 말한다 해도 박재령은 그녀가 원하는 대로 움직일 것 같지 않았다.

　박재령은 어떤 점에서 속을 알 수 없는 면이 있었다. 그렇다고 그 모습이 음흉해 보이지는 않았다. 마치 가을 들판의 이슬처럼 뭔가 덧없고 허망하고 쓸쓸해 보였다. 어쩌면 어떤 사연을 겪고 큰어머니 가게에서 일하는 걸 수도 있었다.

　고깃집에서 분위기가 달아오르자 남아 있던 직원들이 2차로 노래방에 가자고 제안했으나 박재령은 그만 마무리를 짓자고 얘기했다. 직원들은 무척 아쉬워하면서도 결국 그의 말을 따랐다. 뭔가 거부할 수 없는 힘이 있는 건지 직원들은 박재령의 말을 존중해주려고 했다. 그러나 그때 직원들 중 누군가, 아쉬운데 그럼 차나 한잔하자고 제안했고 박재령 역시 사람들의 손에 이끌려 조용한 카페로 들어갔다.

　술을 마신 탓인지 사람들은 다들 기분이 좋아 보였고 들떠 있었다. 2차에서도 명진애는 흥분한 상태로 박재령 옆자리에 앉으려 했으나 눈치 없는 다른 직원이 그의 옆에 앉았다. 자리 좀 바꿔. 명진애는 개의치 않고 그 말을 했고 결국 박재령 옆에 앉았다. 박재령은 나와 몇 번 눈이 마주쳤으나 거리가 있었기에 서로 아무 말도 하지 않고 차만 마셨다. 물론 다들 돈을 벌기 위해 만난 것이지만 이국에서 맞이하는 겨울은 뜻밖에도 사람을 결집시키는 면이 있었다. 외로운 사람들이 함께 모여 있다는 느낌. 아니 돈을 떠나 생존을 위해 마주하고 있다는 간절한 느낌이 들었다. 한창 대화가 무르익었을 때, 어찌 된 일인지 박재령의 모습이 보이지 않았다. 그를 찾아내겠다는 듯 명진애는 몇 번이나 화장실을 들락날락거렸다.

　놓쳤어. 또 가버렸어.

명진애는 결국 카페 밖으로 나가더니 혼자 돌아왔다. 박재령이 가버린 건 처음이 아닌 듯했다. 아쉬워하며 일어서는 명진애의 표정에 짜증과 안타까움이 드러나 있었다. 만약 이 자리가 소중했다면, 명진애를 깊이 좋아했다면 말도 없이 가버리지 않았을 텐데. 나는 그런 생각을 하면서 지하철을 타기 위해 계단을 내려갔다. 사람들은 뿔뿔이 흩어졌고 집 가는 방향이 같은 명진애만 내 옆에 남았다. 그녀는 자신도 플러싱 근처에 산다고 했다.

근데 그 동네, 살기 참 불편하지 않니?

그녀는 계속 나에게 반말을 사용했다. 친근한 동생으로 여기는 게 아니라 우월감에 가득 차서 상대의 기를 눌러버리려는 것 같았다.

설령 내가 불쾌감을 드러낸다고 해도 달라지는 건 없었다. 그녀에게 내 얘기를 털어놓지도 않았는데, 어쩐지 명진애는 내가 어디에 사는지 다 알고 있는 모양이었다.

플러싱 말이야. 동네가 좀 그렇잖아?

나는 그녀의 말에 안도의 한숨을 내쉬었다. 플러싱은 서울로 치면 가리봉동 어디쯤 되는 구간이었고 맨해튼까지 나가는 데 상당한 시간이 걸렸지만 그동안 지내오면서 불편함을 느낀 적은 없었다. 그녀는 플러싱이 몹시 열악하다는 듯 갑자기 인상을 썼다.

나는 중국인 할머니와 함께 살아.

할머니요?

아파트에서 세 들어 살아. 어쩌다 보니 그렇게 됐어. 다른 데보다 싸거든.

네.

넌 지내는 거 어때? 넌, 공짜로 지내지?

나는 갑자기 말문이 막혔다. 명진애의 말투는 다소 직설적인 데가 있었다. 생각나는 대로 거침없이 말해버리는 성격. 적어도 살아가는 데에는 거리낌이 없어 보였다. 그녀는 현재 대학에서 실내디자인을 전공하고 있다고 했다. 나는 그녀에게 물어볼 게 없었다.

너는 미술에 관심 있니?

아는 게 별로 없어요.

나는 어릴 적부터 감각이 있는 편이었어.

네.

딱 봐도 그래 보이지 않니?

그래 보여요.

너는 말이야. 미술관도 안 다니지? 모마 알아?

아니요.

모마를 몰라? 너도 참. 무슨 재미로 사니?

왜요?

술도 안 마시는 것 같던데.

그냥 지내요.

혹시 말이야. 재령이 너의 사주를 봐줬니?

사주요?

그래. 사주팔자라는 거.

아니요.

정말 아니야?

나는 무슨 말을 해야 할지 알 수 없었다. 그게 내 사주를 봐준 거라고 말할 수 있나? 나는 생년월일을 말했을 뿐이고, 그는 단 두 문장을 적어서 나에게 내밀었을 뿐이었다.

그대여, 간난사를 말하지 마오. 눈 속의 봄은 멀지 않았으니. 그것을 명진애에게 말해야 할까. 그러면 그녀는 어떤 반응을 보일까.

그래. 아마도 안 봐줬을 거야. 재령은 사람을 그다지 좋아하지 않아.

내 느낌에 그런 사람은 아닌 것 같았는데. 뭔가 솔직히 말한다면 명진애가 버럭 성질을 낼 것만 같아서 나는 입을 다물었다.

그녀는 그가 사람을 그다지 신뢰하지 않으며 마음을 잘 주지 않는다고 했다. 내가 그에게 받은 인상은 오히려 반대에 가까웠다. 사람을 너무 믿어서 훗날 크게 상처를 받을 것 같은 느낌. 그러면서도 끝내 사람을 믿을 것처럼 보였다. 지금 많은 눈이 쏟아진다 해도 결국 봄이 올 것을 알고 있는 사람. 박재령에게 뭔가 부탁한다면 섣불리 거절하지 않을 것처럼 보였다. 한 사람에 대한 느낌이 이렇게 다르다니.

나는 그의 연약한 면을 엿본 셈이었고 명진애는 그의 냉정한 면을 들여다본 셈이었다. 아니 어쩌면 둘 다 잘못 본 걸 수도 있었다.

하지만 나는 직감을 믿고 싶었다. 너, 공짜로 얹혀살지, 하고 묻는 사람과는 가까이하고 싶지 않았다. 너 눈칫밥 먹지? 하고 할퀴는 것 같아서 명진애에게 호감을 가질 수 없었다.

너, 이거 한번 볼래?

이게 뭔데요?

한번 봐. 근데 어려워서, 넌 봐도 잘 모를 거야.

어색함이 길어졌는지 명진애는 자신의 수첩에서 뭔가를 꺼내 나에게 보여주었다. 거기엔 생년월일과 한자들이 빼곡히 적혀 있었다. 나는 그게 무엇인지 단박에 알아보았다.

이건 재령이 봐준 거야. 내 운명을 본 거야.

운명이요?

그래. 운명을 보는 건 쉬운 일이 아니거든. 언젠가 재령은 나에게 말해줬어. 돈을 많이 벌 거래. 참 듣기 좋은 말이야. 이건 대운이라는 거야.

대운이요?

너, 대운이 뭔지 모르지? 사주팔자도 중요하지만 대운도 중요하거든. 내 대운은 내년부터 바뀔 거래. 아무튼 재령은 나에게 많은 걸 얘기해줬어.

명진애는 앞으로 삶의 희망이 남아 있다는 듯 미소를 지으며 자리에서 일어섰다.

어서 가봐. 아직 친한 사이는 아니니까 언니라고 부르진 마.

나는 고개를 끄덕였다. 그녀는 바로 지하철 계단을 뛰어 올라갔다.

10년에 한 번씩 대운이 바뀐다는 건 나 역시 알고 있었다. 그렇다면 나는 대운이 바뀌어서 서울 생활을 청산하고 미국으로 온 걸까. 좋은 대운도 있지만 나쁜 대운도 있을 텐데. 나쁜 일은 피할 수 없는 걸까. 미래를 예측한다는 건 너무 무서운 일이 아닌가.

세상에 음양의 조화가 있고 우주의 질서라는 게 존재한다면 내가 외국에서 살다 가는 건 태어날 때부터 정해진 운명이라는 건가.

*

사주 명리는 매우 긴 역사를 가지고 있다. 그것은 우주 전체를 해석하는 학문이라고 볼 수 있다. 태양을 중심으로 목화토금수라는 오행이 있으며 그 오행은 쉬지 않고 끊임없이 변화한다. 땅에 작은 씨앗을 뿌린다면, 시간이 흘러 그 씨앗은 열매를 맺고 결국 수확하게 된다. 인간의 삶도 그와 크게 다르지 않다.

만약 한 사람이 태어난다면, 24시간을 기준으로 몇 시에 태어났는지에 따라서 그 운명이 달라진다. 같은 날 태어났다 할지라도 아침에 태어난 아이와 그날 밤에 태어난 아이의 성정은 달라진다. 대체로 한낮에 태어난 아이는 양의 영역이므로 활동적인 편이 많고 밤에 태어난 아이는 그보다 관조적인 편이 많다. 하지만 그것 또한 확정지어 말할 수는 없다. 모든 사람들에게 다 적용될 수 없기 때문이다.

사주는 완성된 학문이 아니며 그 운명의 궤적을 조금이나마 예측할 수 있을 뿐이다. 그것은 맞고 틀리고가 아니라, 우리가 생을 살아가면서 자신의 그릇이 어떤지 깨닫고 나아갈 지침을 줄 수도 있다는 점에서 유용하다. 내가 어떤 사람인지 깨닫고 나아가는 지점과 물러서는 지점을 안다는 것, 그게 중요한 것이다.

사실 젊은 시절에 겸손함을 유지한다는 것은 쉬운 일이 아니다. 도처에 많은 유혹들이 깔려 있고 인간의 삶을 흔들어버리기 때문이다. 그 강력한 유혹만큼이나 자신을 제어하고 가다듬을 힘을 키운다면 마침내 자신이 원하는 길을 향해 나아갈 수 있다. 똑같은 조건 속에서도 어떤 사람은 실패를 딛고 일어서고 어떤 사람들은 더 큰 좌절을 경험하기도 한다.

사주 명리에 대해 호기심을 갖는 사람들 중에서는 자신이 언제쯤 돈을 버는지, 과연 부자가 될 수 있는지, 돈에 대해서 묻곤 한다. 돈을 취하는 길만이 인생의 성공을 보장한다는 듯 언제쯤 복권이 당첨될지 궁금해한다. 만약 자신이 가져야 할 그릇보다 더 많이 가져간다면 그 사람의 인생에는 고통이 따를 수밖에 없다. 도계 박재완 선생은 사람 팔자는 작은 틀에서는 바꿀 수 있지만 큰 틀에서는 바꾸기 힘들다고 말한 바 있다. 그렇다면 어떤 것을 바꿀 수 있으며 어떤 것을 바꿀 수 없다는 말인가.

사실 사주팔자를 공부하고 임상에서 사람을 만나게 되면 완벽한 사주란 없으며 완벽한 팔자는 없다는 것을 깨닫게 된다. 실상 다 가진 것처럼 보여도 어느 한쪽이 비어 있거나 어느 한쪽이 부족해서 채우려고 하는 경향을 찾아볼 수 있다.

사주는 대운뿐 아니라 세운의 영향을 받는다. 작게는 일 년, 그 운이 어떤 흐름으로 가는지 그 전체를 파악할 수 있어야 한다. 부족한 것을 채우고 보완해주는 대운이 왔을 때, 그 사람은 발전하며 발복한다. 사주는 연지와 월지, 일지와 시지로 나뉘는데, 우선 일간에 힘이 있어야 한다. 사주팔자의 아름다움에 대해 말할 때……

흔히 명리에 대해 알려진 책으로는 『적천수』와 『궁통보감』, 『자평진전』이 있지만 그 책들은 너무 어려워 내가 읽고 그 뜻을 해석할 길이 없었다.

물론 역술가였다는 나의 할아버지는 중국의 고서들을 모조리 섭렵

했겠지만 나는 그렇게 하고 싶지는 않았다. 무엇보다 한자들이 너무 어려웠고 도통 무슨 말인지 이해되지 않아서 책 몇 장만 읽고 덮었을 뿐이었다. 다만 조금 쉽게 쓰인 책들을 통해 사주의 용어에 대해서는 이해할 수 있었다. 육십갑자라든가, 십이운성이라든가, 신살이라든가, 지장간이라든가, 공망 같은 것들.

내가 정유일주에 태어난 사람이라는 것, 신약사주라는 것, 천간은 정화에 지지는 사유축 금국, 방합으로 이루어져 있다는 것도 알았다. 물론 그런 것들을 모르고 살아갈 수도 있는 일이었다. 그런 것들을 알지 못해도 외국 생활에서 해야 할 일은 충분히 많았다. 하지만 역술가였다는 할아버지의 영향 때문인지, 큰아버지의 영향 때문인지 나는 조금씩 운명에 대해 관심을 갖게 되었다. 그게 때로는 얼마나 뜬구름 잡는 일이 되는지 알면서도 그 모든 걸 외면할 수 없었다. 추상적인 학문이라 해도, 음지의 학문이라 해도, 세상 사람들이 비난하고 우습게 여기는 학문이라 해도 기이하게 나를 끌어당기는 면이 있었다.

어려워서, 넌 봐도 모를 거야. 명진애는 나에게 그렇게 말했지만 그렇다고 내가 기분 나쁜 티를 내지는 않았다. 물론 몇 권의 책을 들여다봐도, 세월이 흐른다 해도 모든 걸 다 알아낼 수는 없는 일이었다. 그럼에도 불구하고 이따금 나는 명리에 대한 책을 들여다보았다. 비교적 흥미로운 구절도 있었는데, 신살 중에 괴강에 대해 설명한 부분이었다. 그날 나에게 자신의 사주 명식을 보여주었던 명진애.

그녀에게도 괴강이라는 게 있었다.

예전에는 일주에 괴강이 있으면 고집이 세고 남편을 극한다고 꺼리기도 했다. 하지만 시대에 따라서 이제 그것을 다르게 해석해야만 한다. 오늘날 현대 사회에서는 괴강을 카리스마나 지도력, 사람을 이끄는 면이 강한 사람으로 해석한다. 괴강을 가진 사람은 출세욕이 강하며 주로 사람을 이끄는 직업을 선호한다. 군인이나 경찰, 법관 쪽에서 탁월한 능력을 발휘하는 경우도 있다. 물론 그 힘이 지나쳐서, 고집을 부리다 보면 대인관계에서 어려움이 따를 수도 있다.

책에 나온 표현에 의하면 어느 정도 그녀를 연상시키는 면이 있었다.

사람을 좌지우지하고 통솔하고 무리에서 리더가 되려 하는 경향. 그러다 보면 사람들의 오해를 받을 수도 있고 그런 성향을 싫어하는 사람과는 마찰이 있기 마련이었다. 그날 지하철에서 같이 있는 동안, 나는 그녀가 어딘지 모르게 자신을 과장한다는 느낌을 받았다.

넌, 공짜로 지내지? 나는 그녀의 말이 자꾸만 떠올라서 마음이 불편해졌다. 물론 생활비를 내지 않고 공짜로 지내는 건 사실이었다. 하지만 막상 타인에게 그런 말을 들으니 기분이 언짢아졌다. 원래 성격이 그런 걸까? 아니면 처음부터 내가 마음에 들지 않았던 걸까?

그게 아니면 몇 번 박재령에게 고백했다가 거절을 당했나? 그래서 주변 사람들에게 시비를 거는 걸까? 그들의 관계에 대해서는 알 길이 없었다. 어쩌면 박재령은 다른 누군가를 사랑하고 있을 수도 있었다.

그렇다 해도 그것은 그의 인생이며 내가 간섭하거나 끼어들 수 없는 그만의 영역이었다. 오히려 젊은 나이에 누군가를 사랑하지 않는 게 더 이상한 일이 아닌가. 일하고 돈만 벌기에는 너무 젊었고 뭔가를 누리고 만끽할 시기였다. 그렇다고 박재령이 먼저 여자에게 다가가 자신을 드러내거나 유혹하는 남자로 보이지는 않았다. 오히려 가만히 있어도 튀는 존재로 보였다.

명진애가 박재령에게 관심을 두는 건 가게에 있는 사람들도 거의 알고 있는 눈치였다. 큰어머니는 명진애에게 어떤 말도 하지 않았다. 자신이 개입할 문제가 아니라고 생각했는지 명진애가 가게를 오갈 때 크게 신경 쓰지 않았다. 아니 어쩌면 애초부터 박재령이 명진애에게 관심을 갖지 않는다는 걸 알고 있었을지도 모른다.

하지만 내 생각은 좀 달랐다. 아무리 철벽 방어를 친다 해도 박재령 역시 남자 아닌가. 어느 날 몹시 외롭고 감정적으로 추운 날, 명진애가 유혹한다면 그걸 거부할 남자가 몇이나 있을까. 이미 유혹을 당한 적이 있었는지도 모른다. 나는 박재령을 의심하고 있었다.

큰어머니에게 들은 바로는 큰아버지 부부가 로스앤젤레스에 있을 때 박재령의 부모와 같은 동네에 살았다고 했다. 그 이후 어떤 이유로 그가 동부로 넘어온 것인지, 그의 부모는 어디에 있는지, 내가 그 사연을 알 길은 없었다. 박재령에겐 누나와 형이 있었다. 나는 큰어머니에게 박재령이 어떤 삶을 살았는지 묻지 않았다. 내가 묻는다 해도 답해주지 않을 것 같았다.

한 달이 지났지만 나는 그에게 다가가지 않았고 그 역시 다가오지 않았다. 서로 어떤 약속이라도 한 것처럼 거리를 두고 있었다. 오히려 나는 그 거리 속에서 안도했다.

그즈음 명진애는 지치지도 않는지 박재령에 대한 마음을 거두지 않았다. 쉬는 날인데도 주말이면 가게에 찾아와 그를 기다렸다. 박재령은 크게 신경 쓰지 않고 일부러 먼저 집으로 가버리곤 했다. 혼자 남겨진 명진애의 얼굴은 참담한 듯 일그러졌다. 그 모습을 본 다른 직원들은 그녀를 위로하려 했지만 그녀는 애써 괜찮다는 듯 술이나 한 잔하자고 사람들을 이끌었다. 무슨 영문인지 직원들은 명진애의 제안을 거절하지 않았다. 나 역시 몇 번 술자리에 참석한 적이 있었는데, 명진애는 폭음을 했고 비틀거리며 화장실로 가더니 문 앞에서 그대로 쓰러지기도 했다. 다행히 얼마 후 정신을 차리고는 괜찮다는 듯 혼자 일어서려고 했다. 옅은 미소를 띤 얼굴은 이미 화장이 지워져서 초라해 보였다. 술을 마시기 전과 후의 모습이 너무 달랐다.

사람들은 조용히 술자리를 떠나버렸고 명진애는 헝클어진 머리를 추스르며 집으로 향했다. 술값은 언제나 명진애의 몫이었다. 다른 사람이 계산하려 해도 명진애는 신경질을 내며 자신이 계산하겠다고 사람들을 밀어냈다. 월급의 대부분을 고스란히 술값으로 써버리는 것 같았다. 그렇다면 원래 돈 많은 집 딸인가. 아닌가. 어느 쪽인지 나는 확신할 수 없었다.

심지어 어느 날 박재령에게 고가의 신발을 선물하기도 했다. 박재령은 부담스러운지 몇 번을 거절했지만 그녀는 생일선물이라며 운동화를 그의 가슴팍에 안겨버렸다. 그 모습을 보면서 나는 그녀가 참 용기 있는 여성이라고 생각했다. 어느 때는 그런 모습이 순정적으로 보였다. 하지만 그 감정이라는 게 하루에도 몇 번씩 바뀌는지 기분이 좋았다가도 어느 때는 시무룩한 표정을 지었다. 어느 날은 화장기 없는 얼굴로 가게를 둘러보았는데, 잠에서 막 깬 얼굴이라 나 역시 당황하지 않을 수 없었다. 현실에 발을 딛고 살아가는 게 버거워 보였다. 그녀는 술을 많이 마신 다음 날에는 자책했으며 정신을 차리겠다고 해놓고 퇴근 무렵에는 사람들을 다시 불러 모았다. 외로움을 감당할 수 없는 건가.

하지만 이국에서 자유롭지 못할 이유가 없었다. 아파트에서 같이 사는 중국인 할머니가 굳이 그녀의 삶에 간섭하진 않을 테고, 병든 노모를 모셔야 하는 상황도 아니니 어디에도 얽매일 필요가 없었다. 이따금 그녀는 복잡한 눈길로 나를 쳐다보았는데, 나는 그 이유를 알 수 없어서 일부러 시선을 피해버리곤 했다. 혹시 박재령에 대한 마음 때문인가. 뭔가 고민을 털어놓고 싶은 건가. 그렇다고 내가 먼저 다가가 모든 걸 털어놓으라고, 다 들어주겠다고 말할 수도 없는 노릇이었다.

그러면서도 그녀는 주말이 되기만을 꼬박 기다렸다. 그 노력이, 애쓰는 그 모습이 누군가에게는 부질없어 보일지도 몰랐다. 세상의 모든 관계가 그렇듯 마치 동물이라도 포획하듯 다가가면 상대는 부담스러워하기 마련이었다. 밀고 당기기를 적절히 해야만 원하는 것들을 손에 쥘 수 있다. 그걸 아는지 모르는지, 명진애는 그저 상처받은 마음을 애써 숨기려 했다.

나 같으면 그런 행동은 하지 못할 것 같았다. 어떤 직감이나 판단으로 인해 세상의 모든 감정들이 변한다고 생각했고 타인을 전적으로 믿을 수 없었으며 맹목적으로 상대에게 내 감정을 내보이고 싶지 않았다. 적어도 타인에게 내 모든 것을 드러내며 고개를 숙이고 싶지는 않았다. 약해지는 모습을 드러낼 때, 여지없이 나 자신이 무너지고 말리라는 예감에 사로잡혀 가능하면 아무도 사랑하고 싶지 않았고 일부러 무심해지려 했다.

애초부터 명진애와 나의 성격은 달랐고 표현방식도 달랐으므로 그녀의 존재 자체를 인정하는 수밖에 없었다. 뭔가 마음에 걸리더라도 나보다 나이가 많았기에 어느 정도는 언니 대접을 해주려고 했다.

명진애는 성격이 활달한 편이어서 따르는 친구들도 여럿 있었다. 간혹 친구들이 가게로 몰려오기도 했다. 한눈에 봐도 미술을 전공한 여자들이라는 걸 알아볼 수 있었다. 어딘가 모르게 세련됐고 돈 많은 부모 밑에서 성장한 자녀들로 보였다. 단 한 번도 경제적인 고민을 해본 적이 없는, 자유분방한 젊은이들로 보였고 뭔가 사람들을 주눅 들게 만드는 구석이 있었다. 그런 여자들 속에서도 명진애는 리더처럼 보였고 자신의 의견을 분명히 피력했고 친구들 또한 그녀를 꽤 좋아하는 것 같았다. 그들은 함께 있을 때 목소리가 어찌나 큰지 마치 자신들끼리 가게에서 파티를 벌이는 듯했다. 그녀의 친구들은 타고난 외모도 한몫했지만 어딘가 모르게 거침이 없었고 싸움꾼 같은 이미지를 풍겼다.

그들도 박재령의 존재에 대해 이미 알고 있는 눈치였다. 어느 날은 친구에게 고통을 주는 사람이라고 여기는지 박재령을 싸늘하게 쳐다보기도 했다. 한참을 떠들다가 그들이 가게 밖으로 나갈 때, 마치 누군가를 남겨두고 떠나는 것 같았다. 우리는 이렇게 즐겁게 살고 있다. 당신은 외롭지 않은가. 박재령, 당신은 결국 혼자 남는다. 그들은 나가면서 이렇게 소리치는 것 같았다.

나는 제삼자의 시선으로 그들을 살피려고 했다. 박재령의 편도 아니었고 그렇다고 명진애의 편도 아니었다. 그들의 관계가 좀 기이해서 어느 쪽에도 휩쓸리지 않고 관찰하려고 했다. 그러던 어느 날, 뜻하지 않게 명진애가 다리에 깁스를 하고 나타났다.

가게 사람들이 의아하다는 듯 일제히 그녀를 쳐다보았다. 명진애는 목발까지 짚고 있었다.

어이고, 죽을 뻔했어요.

갑자기 무슨 일이니?

큰어머니가 다가가 물었다.

하마터면 세상을 하직할 뻔했어요. 계단에서 굴렀어요.

명진애는 인상을 썼다. 그러면서도 가게 의자에 앉아서 일하겠다며 찾아왔는데, 큰어머니는 괜찮아지면 다시 나오라며 그녀를 달랬다.

저도 그러고 싶지만 언제 괜찮아질지 모르겠어요.

명진애는 깊은 한숨을 내쉬었다.

그래도 이 상태로는 곤란하지. 괜찮아지면 다시 나와라.

큰어머니는 말했다. 결국 명진애는 몹시 억울하다는 듯 깁스를 한 자신의 다리를 내려다보았다. 그러더니 자리에서 일어섰고 목발을 짚고 주방에 있던 박재령에게 천천히 다가갔다. 직원들은 일제히 자리를 비켜주었다. 명진애가 뭔가를 얘기했는데, 박재령은 무심한 표정을 짓고 있었다. 나는 명진애가 왜 그런 상황에서도 가게를 찾아왔는지 이미 알고 있었다. 한 번이라도 더 그를 보기 위해 찾아온 것이었다. 가게 사람들은 그 사실을 알면서도 입을 다물었다.

명진애가 나오지 않은 몇 주 동안 가게의 분위기는 좀 달라졌다. 알게 모르게 명진애의 눈치를 봐온 모양인지, 사람들은 박재령에게 농담을 건넸고 그의 기분을 풀어주려고 했다. 그사이 나는 박재령과 단둘이 차를 한잔 마실 기회가 생겼다. 그는 어떤 자유를 얻었다고 생각했는지, 일이 끝난 후에 같이 가자며 나에게 다가왔다. 그 제안을 거절할 필요는 없었다. 나는 그를 따라 카페로 들어갔다.

진애 언니가 가게에 나오지 않으니, 조용하네요.

그러니?

혹시 말이에요.

그래.

이런 질문을 해도 될지. 진애 언니에 대해서는 어떻게 생각하세요?

나는 용기를 내어 박재령에게 물었다. 그는 씁쓸한 미소를 지었다.

다들 그렇게 물어봐.

사람들이 물어봐요?

그 애는 나와 맞지 않아. 물론 좋은 친구긴 해. 정도 많고. 하지만 뭔가 내 안에서 거부하는 감정이 느껴져.

박재령은 커피를 한 모금 마시더니 나를 쳐다보았다.

구체적으로 설명하기는 좀 어렵지만.

네.

이제 일은 할 만하니?

적응이 됐어요. 처음엔 좀 힘들었지만.

지금은?

괜찮아요.

다행이구나.

혹시 말이에요.

또 궁금한 게 있니?

혹시 사랑하는 사람이 있어요?

없어. 그런 거.

박재령은 잠시 창밖을 바라보더니 나에게 물었다.

너는 있니?

있었어요.

좋았겠구나.

나는 왜 그 순간 그렇게 대답했을까. 그는 나를 얼마나 맹랑한 애로 생각했을까. 정직하게 말한다면 나에게는 사랑이라고 말할 만한 사람이 없었다. 단지 가까웠던 사람이라면 이미 죽어버린 쌍둥이 오빠가 있었을 뿐이었다. 그럼에도 나는 가난한 인간관계를 들키기 싫어서 일부러 거짓말을 했다. 나에게 사랑하는 사람이 있는지 없는지, 저 사람은 알 길이 없다. 무슨 상관이란 말인가? 아직 어린 나이이긴 했지만 사랑하는 사람과의 추억조차 없다는 게 부끄럽게 느껴져서 나는 일부러 무심한 표정을 지었다.

사실 그동안 많은 일들이 있었다. 당신은 알지 못하는 추억이 있다. 나는 그 말을 하고 싶었지만 박재령이 믿어주지 않을 것 같아서 입을 다물고만 있었다.

내가 가진 게 없는 사람이구나.

가난한 영혼이구나.

나는 그날 박재령과 마주 앉아 있으면서 그런 생각을 했다. 그는 다른 남자들처럼 특유의 허세로 자신을 과장하지 않았지만 어쩐지 그와 있으면 뭔가를 털어놓아야 할 것만 같았다. 그는 어느 날 힘겹게 찾아가서 마주한 호수 같았다. 고요하게 머물러 있는 호수. 나는 그에게 조금씩 다가가고 싶었으나 그 옆에 명진애라는 여자가 딱 버티고 있었기에 그럴 수 없었다. 나는 적어도 인간관계에서 복잡하게 얽히고 싶지 않았다. 아니 사람들과의 관계에서 고통을 겪고 싶지 않았다. 그게 전부였다.

아마도 내년쯤 대학 원서를 내보려고 해.

원서요?

아무래도 그래야 할 것 같아.

박재령의 나이가 이십 대 중반이었으니 다른 사람들보다 늦게 대학에 가는 것이었다. 그는 뭔가 나의 의견을 듣고 싶어 하는 것 같았다. 대학을 가든 안 가든 그의 선택이었고 설령 기술을 배운다 해도 나는 그를 존중해줄 생각이었다. 내가 박재령을 너무 과소평가했던 걸까. 아니 차라리 나와 비슷한 사람이라고, 오갈 데가 없는 사람이라고, 그저 우연히 만난 거라고 생각하고 싶었다.

어떤 걸 전공하고 싶은데요?

공대에 가려고.

공대요?

공부를 해서 나중에 교수를 하고 싶어.

교수요?

아무래도 그쪽으로 가야 할 것 같아. 부모님도 원하셨고.

부모님은 어디에 계세요?

다른 지역에 계셔.

형제들도 있다고 들었어요.

누나는 독일에서 공부하고 있고. 형은 카자흐스탄에서 일하고 있어.

독일과 카자흐스탄이라. 형제들이 제각기 너무 먼 곳에 떨어져 있었다. 독일에서 무슨 공부를 하는지, 카자흐스탄에서 어떤 일을 하는지 나는 구체적으로 물어보지 않았다. 너무 사적인 질문이 될까 봐 선뜻 입이 떨어지지 않았다. 조금 더 자신에 대해서 얘기해준다면 좋을 텐데. 그러자 박재령이 나에게 질문했다.

한국에서 지내는 건 어땠니?

그냥 좀 안 좋았어요. 쌍둥이 오빠가 있었어요.

그래, 힘들었겠구나.

나는 그의 눈빛을 통해 뭔가 나에 대해 알고 있다는 것을 직감했다. 누가 얘기했을까. 큰아버지가? 아니면 큰어머니가? 그렇다고 내가 그들에게 화를 낼 수 있는 입장도 아니었다.

이곳 생활은 어떠니?

다시 그가 물었다.

지낼 만해요.

외롭지는 않니?

괜찮아요.

공연은 많이 봤니?

아니요.

뮤지컬은?

못 봤어요.

그리니치 빌리지는 가봤니?

아니요.

워싱턴 스퀘어는 가봤니?

아니요.

코니아일랜드는?

아니요.

첼시 쪽은?

아니요.

플러싱에서만 있었구나. 지하철만 타고.

박재령의 말에 나는 미소를 지었다.

하고 싶은 게 많겠구나. 공연을 보면 참 좋아할 텐데. 아마도 너와
잘 맞을 것 같구나.

그는 나를 잘 알고 있는 사람처럼 얘기했다.

그때, 나에게 적어주었던 시 말이에요.

그래.

직접 쓴 거예요?

박재령은 아무 대답도 하지 않았다.

무슨 뜻이에요? 봄이 온다는 뜻이에요?

그럴 수도 있고.

그는 그 시에 대해서는 언급하지 않았다.

오늘 나와 차를 한잔 마신 거, 누구에게도 얘기하지 마세요.

진애에게 말하지 말라는 거지?

네.

두렵니?

그렇다기보다는.

그래, 알겠다.

나는 혹시라도 명진애가 이 사실을 알게 될까 봐 두려웠다. 며칠이
지나면 그녀는 다시 가게에 나타날 테고 그를 감시하듯 쳐다볼 텐데.

나는 그 시선 속에서 포획당하고 싶지 않았다. 무엇보다 박재령이 가장 버겁고 부담스러웠을 텐데, 그는 명진애에 대해 비하하거나 흉을 보지 않았다. 그에겐 타고난 교양이라는 게 있어 보였고 아마도 그것은 부모에게 물려받은 것 같았다. 단 한 번도 그의 부모를 만나본 적은 없으나 그들은 많은 교육을 받고 자란 사람들이 분명해 보였다. 박재령은 흔히 다른 남자들에게서 보이는 열등감 같은 건 보이지 않았다. 뭔가 상대를 억압하지 않으려는 느낌, 상대를 풀어주려는 자유와 평화의 느낌이 그에게 있었고 나는 그것을 좋은 뜻으로 해석했다.

외국 생활을 오래 해서 그런가. 박재령에게는 합리적인 사고관이 내재한 듯했다. 게다가 섣불리 다른 사람의 삶에 개입하지 않으려고 했다. 하지만 그가 배웠다는 사주 명리가 사실 타인의 삶을 파악하고 해석해내는 학문이 아니었나. 나는 조심스럽게 그에게 질문했다.

혹시 지금도 그 공부, 해요?

무슨 공부?

명리 말이에요.

틈이 날 때.

그거 어렵죠?

아무래도 그렇지. 사실 물어보고 싶었는데.

뭘요?

너의 할아버지가 유명한 분이라고 들었어.

그 역시 나에 대해 많은 걸 알고 있었다.

그래서 말인데. 너 또한 나중에 그 공부를 해봐도 좋을 것 같구나.

그 공부를 하라고요?

그런 얘기, 들어본 적 없니?

네.

일반적으로 사주는 천간과 지지로 이루어져 있는데, 너의 지지에는 술토와 사화가 있더구나. 보통 술사라고 표현하기도 하지.

술사. 역학을 하는 사람이었다.

그의 말에 나는 아무런 대답도 하지 않았다. 그때 불현듯 한국을 떠나오기 전 마지막으로 만났던, 내 사주를 봐줬던 앞을 못 보는 역학자가 떠올랐다.

기미년. 기사월. 정유일. 경술시.

본인은 무관 사주라.

직장 일은 불가능하다. 재봉식상격으로 자신의 재주로 먹고사는 팔자다.

사유축 금국에 무인성이라. 식신이 많아 집중력이 뛰어나고 사람에게

잘해주나 인간관계에서는 잘해줘도 욕을 먹으니 일에만 집중하시오.

초년에는 고생이 많았고 중년 이후에 피는 사주라.

고생이 참 많소.

훗날 히트 치는 일을 하는 것이 좋소.

사십 대 이후에는 역학을 공부하시오.

사주팔자는 운명이고 대운은 인연이라.

외국으로 가시오. 역마가 있으니 외국에서 돈을 버시오.

비교적 빠른 나이에 인연이 찾아오나 신중하시오. 거듭 강조하오.

본인은 나무와 물이 부족하니 배우자는 보충할 수 있는 남자를 만나시오.

임자년생은 원진이니 피하시오.

그 역학자가 나에게 적어주었던 감명지의 내용이었다.

*

사주의 십간 중에서 갑목은 우레가 되고 을목은 바람이 되며 병화
는 태양, 정화는 별이 된다. 무토는 노을이 되고 기토는 구름이 되며
경금은 달이 된다. 신금은 서리를 의미하며 임수는 이슬을 의미하며
계수는 봄비가 된다.

십이지 중에서 자수는 검은 연못을 의미하며 축토는 버드나무가
있는 방파제를 뜻하며 인목은 계곡을, 묘목은 옥빛을 의미한다. 진토
는 풀숲의 연못을, 사화는 봉화를 의미하며 오화는 뿌리를, 미토는 꽃
밭을 의미한다. 신금은 수도를 의미하며 유금은 절에 있는 종을 의미
한다. 술토는 불타는 초원을, 해수는 현하라고 일컫는다.

인간은 태어남과 동시에 열 개의 천간과 열두 개의 지지 중에서
8자의 운명을 부여받는다. 그것을 보통 사주팔자라고 일컫는다. 사주
감정을 하는 데 있어서 태어난 시간까지 정확하게 알아야 하며, 한 글
자만 틀려도 전혀 다른 운명을 감정받는다. 자신이 태어난 시간을 정
확히 알고 있는 사람들은 생각보다 많지 않다.

하루 24시간은 자축인묘진사오미신유술해 시로 구분한다. 일 년은
열두 달로 이루어져 있으며 봄과 여름, 가을과 겨울 속에 모든 삶과
죽음이 담겨 있다.

사주 명리학은 종교가 아니며 누가 감정하느냐에 따라 조금씩 차
이를 보인다.

이 학문은 사후 세계에 대한 얘기는 하지 않는다. 인간이 태어나서 죽을 때까지, 그 시간에 대해서, 그 운명에 대해서만 얘기한다.

만약 누군가 1979년 5월 30일 저녁 8시에 태어났다고 가정했을 때, 태어난 연도를 연주라고 칭하고 태어난 월을 월주라고 칭한다. 태어난 날을 일주라고 칭하고 태어난 시간을 시주라고 칭한다. 보통 연주를 조상 자리라고 일컫고 월주는 부모 자리를 의미한다. 일주는 나와 배우자 자리를 의미하며, 시주는 자식 자리를 의미한다. 언제 태어났느냐에 따라서 그 사람의 부모와 형제, 배우자와 자식까지도 대략 추론할 수 있다.

보통 일주를 기준으로 그 사람의 성격과 심리 상태, 직업이나 적성을 추측해볼 수 있다. 직장 생활에 맞는 사람인지, 사업에 맞는 사람인지, 예술가적인 성향의 사람인지, 성격이 온순한지, 까다롭고 고집이 강한지 어느 정도는 판단해볼 수 있는 것이다. 또한 그 사람이 어떤 재주를 가지고 있는지, 어떤 질병에 노출될 수 있는지 대략 유추해볼 수 있다.

일반적으로 연월일시에 따라 일주가 달라진다. 이를테면 갑목 일간에 태어난 사람과 정화 일간에 태어난 사람과 병화 일간에 태어난 사람은 성격이나 외모 자체가 각각 다르며 어떤 대인관계를 맺는지도 다르다.

주로 갑목 일간에 태어난 사람들은 주체성이 강하며 남들 앞에서 리더가 되고 싶어 하는 성향이 있고, 병화 일간에 태어난 사람들은 자신이 곧 태양을 의미하기 때문에 자신감과 행동력이 넘치는 경우가 있다. 정화 일간에 태어난 사람들은 병화 일간에 비해 자신을 드러내는 성향이 강하지 않지만, 날이 어두워진 후에 밤하늘의 별이 빛나는 것처럼 은은한 향기를 오래 지속하는 경향이 있다.

　나는 정화 일간에 태어난 사람, 즉 정유일주였다.
　그리고 명진애는 무토 일간에 태어난 사람, 무술일주였다.
　정유일주와 무술일주. 일주가 달라 성향도 다르고 모든 것들이 완전히 다른 사람들이었다. 만약 정화가 별이고, 무토가 노을이라면 박재령은 별과 노을 중에서 어느 쪽에 더 가까웠던 걸까.
　나는 그런 생각을 하지 않을 수 없었다. 어느 날 명진애가 깁스를 풀고 다시 가게에 나타났다. 그녀는 약간 긴장한 모습으로 가게를 살폈다. 그동안 달라진 게 없는지 뭔가를 확인하려는 것 같았다. 명진애는 아직 다리에 부기가 남아 있다고 의자에 앉아 투덜거렸지만 다른 직원들은 그 말에 개의치 않았다. 그녀는 나에게 다가와 그동안 별일 없었느냐고 물었는데, 사실 나는 해줄 말이 없었다. 그동안 박재령과 차를 마셨다. 만약 그런 얘기를 털어놓는다면 그녀는 버럭 성질을 낼 게 분명했다. 그저 모르는 편이 나을 수도 있었다. 사람과 사람 사이에 차를 마실 수도 있고 대화를 할 수도 있는데 그녀는 유독 박재령에 대해서만은 예민해졌다. 과연 사랑이라는 게 그렇게 조바심 나고 그렇게 불안하게 만드는 것인지 나로서는 알 수 없었다. 거리에서 평온하게 웃고 떠들며 지나가는 사람들도 있는데 그런 다양한 관계들에 대해서 누구에게도 말할 수 없어서 나는 빤히 명진애를 바라보았다.
　그녀와 단둘이 있을 때는 분위기가 어색해졌다. 술자리에서 초라한 자신의 모습을 들킨 것을 떠올렸는지 그게 약점으로 작용할까 봐 그녀는 신경을 쓰는 눈치였고 나는 애써 무관심해지려고 했다. 사실 안 맞는 사람들이었다. 그건 누가 말해주지 않아도 알 수 있는 것이었다. 언제부터인가 명진애는 나를 의심스러운 눈길로 쳐다보았는데 나는 그 이유가 무엇인지 어렴풋이 짐작하고 있었다. 그녀는 박재령이 다른 사람들과 대화를 나누면 자주 그들 사이에 끼어 방해했고 상대를 괴롭혔다. 오로지 한 남자를 자신의 것으로 독점하고 싶어 했다.

그러다 보니 가게 사람들은 박재령에게 쉽게 다가갈 엄두를 내지 못했다. 쉬는 시간에 농담이라도 하며 고단함을 풀어야 했지만 박재령은 그녀의 눈길 때문에 그러지 못했다.

새로 투입된 여자 직원이 박재령에게 이것저것 일과 관련된 질문을 하다가 명진애에게 찍혀서 호되게 야단을 맞은 적도 있었다. 며칠 가지 않아 그 직원은 더러워서 일을 못 하겠다며 그만두었는데, 그런 일이 몇 번이나 반복되었다. 결국 그 상황을 알게 된 큰어머니가 명진애를 따로 불러서 얘기했는데, 명진애는 자신의 잘못은 하나도 없다면서, 지켜본 시간이 그렇게 길면서 신뢰하지 못하는 거냐고 오히려 따지려고 했다. 큰어머니는 사람들 앞에서 별말을 하지 않았지만 명진애가 썩 마음에 들지 않는 눈치였다.

쉽지 않은 상대다. 나는 그녀를 보면서 그런 생각을 하지 않을 수 없었다. 물론 같은 여자가 보는 것과 남자가 보는 것은 다를 수도 있었다. 감정 표현이 솔직하다고, 그 모습이 귀엽다고 생각한 남자 직원도 있었지만 그녀의 성격을 안 후에는 서서히 뒷걸음질을 치는 눈치였다. 여기저기서 다른 직원들은 명진애에 대한 험담을 했지만 박재령만큼은 그녀에 대해 쉽게 판단 내리지 않았다.

나는 단 한 번도 명진애가 선물한 고가의 신발을 박재령이 신고 다니는 걸 본 적이 없었다. 선물을 돌려준 것인지, 아니면 방 한구석에 처박아둔 것인지 속사정을 알 수는 없었다. 그들은 나를 만나기 이전부터 알던 사이였으므로, 그 시간에 대해 내가 섣불리 판단할 수는 없었다.

*

사람은 한번 태어나면 육십갑자 속에서 벗어나지 못하고 하나의 일주를 갖게 된다고 한다. 일주라는 건 곧 나의 문패이기도 한데 같은 4월에 태어난 사람이라 할지라도 그 일주는 제각각 다르다. 정유일에 태어난 사람은 정유일주를 갖게 되고, 무진일에 태어난 사람은 무진일주를 갖게 된다. 계사일에 태어난 사람은 계사일주를, 을사일에 태어난 사람은 을사일주를 갖게 된다. 명리를 공부하다 보면 일주만으로도 대략적인 그 사람의 성격이나 성향을 알 수 있는데, 그것은 대략적일 뿐 일주가 같다고 해서 사람의 성향이 모두 같다고 말하기는 어렵다.

수술수가 있는 사주라고 해서 모두 같은 시기에 수술을 하는 것도 아니고 심지어 그 불운을 피해 가는 사람도 있다. 사람은 비슷한 상황에서도 제각각 다른 선택을 한다. 인생은 오묘하고 삶의 이치를 정확히 알 수 없어서 그저 인간은 큰 우주 속에서 각기 자신의 몫으로 살아갈 뿐이다. 아무리 욕심을 낸다 해도 백 년 이상을 살기가 어렵고 아무리 권력 욕구가 있다 해도 그 힘을 계속 지켜내기란 어려운 일이다.

*

　시간이 흐르면서 사람의 감정도 조금씩 변하는지 명진애는 전과는 다른 모습을 보였다. 어느 날 그녀는 머리를 아주 짧게 자르고 사람들 앞에 나타났다. 화장은 더욱 진해졌으며 속눈썹 연장수술까지 했는지, 두 눈을 깜빡일 때마다 속눈썹이 미세하게 떨렸다. 손톱에는 검은 매니큐어까지 칠해져 있었다. 독한 향수까지 뿌렸는지 지나갈 때마다 향수 냄새가 코를 찔렀다. 대체 왜 저러고 일터에 나타난 걸까. 나는 몹시 의아해하면서 그녀의 심경에 어떤 변화가 찾아왔다고 짐작했다. 큰어머니는 몇 번이나 주의를 주었지만 명진애는 개의치 않고 다시 향수를 뿌리고 나타났다.

　그즈음 명진애의 친구들이 늦은 밤 가게에 몰려들었는데, 매출에 도움이 되긴 했지만 어찌나 떠드는지 다른 손님들에게 방해가 될 정도였다. 그들은 개의치 않고 계속 음식을 주문했고 명진애가 퇴근할 시간에야 자리에서 일어나 우르르 몰려나갔다. 그들이 머물렀던 자리에는 온갖 쓰레기들이 남아 있었다. 대체 왜 저러는 걸까.

　그 속내는 알 수 없었다. 그즈음 그녀는 나를 몹시 싸늘하게 대했다. 처음부터 마음에 들지 않았다는 듯 청소할 때는 빗자루로 나를 툭툭 치고 지나갔다. 혹시 박재령과 내가 차 한잔을 마신 걸 알고 있나. 그래서 저러나. 하지만 내가 유부남을 만난 것도 아니지 않은가. 나는 스스로를 변호하고 싶었지만 막상 그럴 용기는 나지 않았다. 그즈음 명진애는 다른 직원들의 헤어스타일과 옷차림, 성격까지도 지적하여 사람들은 어이없다는 표정을 지을 수밖에 없었다.

어느 날 명진애는 갑자기 한국으로 들어가게 되어 일을 그만두겠다며 통보하듯 큰어머니에게 말했다.

여러분들이 원하시는 대로 그만 나가드릴게요.

명진애는 그렇게 말했다. 그 누구도 그녀를 붙잡지 않았다. 큰어머니는 예의상 무슨 일이냐고 물었고 그녀는 집안에 일이 생겼다고 대꾸했다.

정말 일이 생겼어요. 제가 처리해야만 해요.

그녀의 말투엔 조금의 아쉬움도 없었다. 그러면서 마지막인데, 환송회는 하고 싶다고 졸랐는데 그동안의 정이 있는지 사람들은 끝내 거절하지 못했다. 명진애는 이번에도 술값은 자신이 내겠다며 자리만 채워달라고 했고 사람들에게 일일이 악수를 청했다. 환송회 장소를 예약했다며 나에게도 꼭 와달라고 했기에 다른 직원들과 함께 그자리에 나갈 수밖에 없었다. 예상했던 대로 박재령의 모습은 보이지 않았지만 명진애는 어차피 박재령이 있으나 없으나 상관없다며 남아있는 사람들끼리 즐기자고 흥을 돋우려 했다. 사람들이 얼떨떨한 상태로 술을 마시는데 갑자기 명진애는 자신이 너무 어리석은 여자가 아니냐고 자책하기 시작했다.

이런 여자가 또 있느냐고요.

취기가 올랐는지 명진애는 한숨을 푹 내쉬었다.

하지만 한국에 들어가면 좀 마음이 편안해질 거예요.

그녀는 무심코 그 말을 내뱉고는 숟가락을 들더니 노래 한 곡을 불러도 되겠냐고 물었다. 사람들이 기꺼이 들어줄 의향이 있다며 박수를 치자 잠시 침묵이 흐른 후에 명진애는 느닷없이 트로트를 부르기 시작했다. 걸쭉한 목소리에 가슴에 맺힌 한이라도 드러내듯 그녀는 두 눈을 내리깔고 수저를 두드렸다. 그 모습이 조금 처량해 보였다. 굳이 저럴 필요는 없을 텐데, 세상이 무너지기라도 한 것처럼 흥얼거렸기에 나는 그녀의 등짝을 때려주고 싶었다. 아직 포기할 나이가 아니고, 세상에는 남자들이 그토록 많은데, 나는 이해되지 않아 의아한 눈길로 그녀의 모습을 바라보았다.

너무 아쉬워들 마세요.

그녀는 사람들 앞에서 이런 작별 인사를 했다. 악수와 포옹을 했고 심지어 옆에 앉아 있는 남자의 뺨에 입을 맞추기도 했다. 그러고는 빨리 한국으로 들어가야 한다고 말했다가 잠시 후에 돌아가기 싫다고 말했다가 잠시 후에 무엇이든 상관없다고 어디에 있든 지옥이라고 털어놓았다. 그 변덕은 사람을 흔들고 질리게 만들었다. 그녀는 집안에 갑자기 돈이 필요하게 되었다고 했다. 물론 그 사연에 대해서는 알 길이 없었다. 어쩌면 더는 지탱할 기운이 없어서 마음을 단념하고 돌아가는 걸 수도 있었다.

기어코 술을 이기지 못하고 그녀가 탁자에 쓰러졌을 때, 누군가 에이그 미친년, 하고 소리쳤고 그녀는 그 얘기를 들었는지 못 들었는지 꿈쩍도 하지 않았다. 계산을 했느냐고 누군가 물었고 이미 다 했다며 누군가 명진애를 일으키려고 했다. 그 순간 모든 게 외로움 때문이라는 생각이 들었다. 결국 명진애가 저렇게 쓰러진 것도 외로움 때문이고 박재령에게 집착하는 것도 외로움 때문이라는 생각이 들었다. 그날 밤 뿔뿔이 흩어졌지만 그녀의 헝클어진 머리와 입가에 번져 있던 립스틱과 숟가락에 묻어 있던 밥풀과 그녀가 구겨버린 휴지와 무심코 내뱉던 욕설까지, 그 모든 풍경과 느낌이 기억되었다. 그날의 일들은 좀처럼 잊히지 않을 것 같았다.

　직원들은 비로소 자유가 찾아왔다며 농담을 건넸지만 박재령의 표정엔 변화가 없었다. 명진애가 있던 자리에 다른 직원이 투입되었고 워낙 상대가 있는 듯 없는 듯 조용히 일하다 보니 아무도 명진애의 이름을 언급하는 법이 없었다. 이제 박재령은 조금 더 편안해지겠구나. 그런 생각을 했지만 나의 예상은 빗나갔다. 얼마 지나지 않아 명진애의 친구들이 갑자기 가게로 찾아왔다. 그들은 뭔가 염탐이라도 하려는 듯 주위를 살피다가 음식을 주문했다. 명진애가 있을 때만큼 활기차지는 않지만 무슨 임무를 수행하려고 온 듯 계속 사방을 힐끔거렸다. 그러다 갑자기 그들 중 한 명이 나에게 다가와 말을 걸었다.

　이봐요.

　네?

　박재령 씨는 어딨어요?

　오늘은 안 나오는 날이에요.

　주말 근무인데 안 나와요?

　일이 좀 있다고 연락을 받았어요.

　그래요?

　그들은 날짜를 잘못 택했다는 듯 바로 돌아서더니 다시 내게 돌아와 말을 걸었다.

　그런데 말이에요.

　네.

진애 말이에요.

네.

그 애는 다시 돌아올 거예요.

그건 무슨?

그 애는 그렇게 만만한 애가 아니에요.

그 말을 하려고 찾아왔나. 그렇다면 언제 돌아온다는 건가. 구체적으로 묻고 싶었지만 그렇다고 그들이 진실을 얘기해줄 것 같지도 않았다. 솔직히 나는 그녀가 계속 한국에 머물기를, 다시 돌아와야 한다면 샌프란시스코나 시카고로, 아니 멀리 다른 곳으로 가주기를 바랐다.

그녀의 친구들은 아직 할 말이 남았다는 듯 입을 열었다.

참 특이하죠? 우리 같으면 그렇게 못 할 텐데 말이에요.

마찬가지예요.

마찬가지예요?

네.

널린 게 남잔데, 참 취향도 특이해요. 박재령 씨한테 명진애 친구들이 다녀갔다고 전해줘요.

그러죠.

그들은 나를 빤히 쳐다보았다. 아직 용건이 남아 있다는 듯 가게를 나갈 생각을 하지 않았다.

이해가 좀 안 되네요. 진애는 몇 푼이나 번다고 이런 데서 일을 하고.

다분히 누군가를 조롱하는 말투였다.

아, 그쪽한테 하는 말은 아니에요. 우리는 사실 돈을 벌어본 적이 없어요. 부모 돈으로 살았고, 우리 친구들은 다들 비슷해요. 굳이 노동을 할 필요가 없어요. 서비스를 받는 일에 익숙해요. 우린 그런 사람들이에요. 그래도 여기 정도면 하루 매출이 꽤 되겠네요. 딱 보면 견적이 나와요. 사람을 딱 봐도 그렇고. 돈의 흐름을 어느 정도는 읽을 수가 있어요.

그래요?

그렇죠. 진애는 여기 사람들 얘기를 많이 했어요.

네.

참 특이한 사람들이에요.

가게 밖으로 나가면서 명진애의 친구가 내뱉은 말이었다. 다분히 박재령을 무시하는 것 같기도 했고 나를 무시하는 것 같기도 했다. 그날 밤 나는 일을 정리하고 퇴근하면서 박재령에 대해 생각했다. 그동안 자주 마주쳤어도 한 번도 밤거리를 같이 걸어본 적은 없었다. 혹시 내가 그를 좋아하는 걸까. 나는 복잡한 생각을 잊기 위해 중국인 마트로 들어가서 과일을 골랐다. 그 와중에도 그의 얼굴이 뇌리를 떠나지 않았다.

애써 노력하지 않아도 한 사람의 이미지는 그렇게 찾아오는 법이었다. 거부하려 해도, 애써 피하려 해도 느닷없이 감정이 스며드는 모양이었다. 하지만 나는 감정을 확신할 수 없었고 노골적으로 마음을 드러내고 싶지도 않았다. 그럴 필요는 없었다. 아직 마음이 깊어지지 않았기에 조금 더 시간이 필요했다. 감정은 갑작스럽게 찾아왔다가 조용히 사라질 수도 있기 마련이었다. 세상 만물 존재하는 모든 것들이 고정되어 있지 않고 끊임없이 변한다는 것을 알고 있었기에 나는 침착해지려고 했다.

명진애가 없는 그 사이, 나는 조금씩 박재령과 가까워졌다. 굳이 노력하지 않았는데도 박재령이 나에게 다가와 그리니치 빌리지에 가서 차를 한잔 마시자고 제안했다. 거절할 필요는 없었다. 그 동네에는 그가 자주 찾는 오래된 카페가 있었다. 젊은 예술가들이 자주 드나들었는지 제법 유명한 공간이었고 커피 맛도 괜찮아서 사람들이 몰려들었다. 내부는 어두웠고 이미 많은 사람들이 마주 앉아 커피를 마시고 있었다. 박재령은 이따금 혼자서 카페를 찾았다고 했다. 아무래도 공부하다가 머리를 식히기 위해 이곳을 드나들었던 모양이었다. 혼자 있는 게 익숙한지 그는 전혀 거리낌이 없어 보였다. 다른 테이블을 의식하지 않았고 주문을 한 뒤에 조용히 자리로 돌아와서 벽면에 있는 액자를 빤히 올려다볼 뿐 나에게 굳이 말을 걸지 않았다.

그 침묵이 어색하지 않았고 오히려 나에게 안도감을 주면서 그가 어떤 사람인지 조금은 이해되는 것 같았다. 그 이후 박재령을 따라 센트럴파크로 가서 호수를 바라보았고 함께 자전거를 탔다. 해 질 녘 호수를 말없이 바라보는데 이 세계가 너무 평온하게 느껴져서 잠시 눈물이 나올 것만 같았다. 그럴수록 나는 감정을 절제하려고 했다. 모든게 낯설게만 느껴졌고 꿈같아서 현실에 잘 적응되지 않았다. 그래도 박재령과 함께 호수를 바라보고 있을 때는 지나온 세월을 조금이나마 잊을 수 있었다.

다시 박재령을 만난 건 큰아버지 생신 모임이 있던 날이었다. 내가 서둘러 집 안에 들어섰을 때 이미 가족들이 모여서 담소를 나누고 있었다. 거실 소파에는 둘째 큰아버지 부부까지 와 있었다. 그들은 나를 보고 크게 당황했고 한동안 거실에는 침묵만이 감돌았다. 박재령은 그들 옆에 앉아 있었고, 그 순간 나는 잠시 밖으로 나가야 하나 여기 머물러야 하나 갈등하며 서 있었다. 결국 이 자리를 피해야겠구나, 그런 생각을 할 때 둘째 큰아버지가 나를 붙잡았다.

네가 여기 어쩐 일이냐?

나는 아무 대답도 하지 못했다.

내가 불렀어. 여기서 지내고 있어.

난감해하는 나를 도와준 사람은 큰아버지였다. 그러자 둘째 큰아버지는 기이한 일이라는 듯 자신의 형을 바라보았다. 그동안 아무 얘기도 하지 않은 걸까. 옆에 있던 둘째 큰어머니도 당혹스럽다는 듯 입맛을 다시며 내 시선을 피하고 있었다. 맞은편 소파에는 박재령이 다소 어색한 자세로 앉아 있었다. 그는 가족이 아니었으므로 이런 자리에 있는 것을 부담스러워하는 것처럼 보였고 두 눈을 그저 끔뻑이고만 있었다. 나는 일부러 담담한 표정을 지었고 부끄러울 건 없다는 듯 고개를 들고 서 있었다. 이 시간을 피한다면 앞으로 인생에서 겪는 어려움을 계속 피하게 되리라는 느낌에 사로잡혔다.

둘째 큰아버지. 아버지 형제들 중에서 가장 성공한 남자. 처음에는 로스앤젤레스에 머물렀지만 나중에 워싱턴 D.C.로 갔고 부동산업에 뛰어들어 막대한 부를 취한 남자. 그야말로 자수성가한 사람이었다. 그가 얼마나 부를 획득했든 얼마나 부동산을 모았든 그건 나와는 아무 상관이 없었다. 나는 그를 보면서 불편한 감정을 느꼈다.

형제들 중에서 누군가는 막대한 부를 취해서 살아가고 있는데 어째서 누군가는 구석에 몰려서 소식이 끊긴 채로 신용불량자가 되어 살아가고 있는지, 나는 삶의 비밀을 알 길이 없었다. 다만 이 자리에 박재령이 가까이 있다는 게, 내 가족사를 들킨 게 부끄러웠다. 그러나 그가 어떤 편견을 갖든 오해를 하든 어쩔 수 없는 일이었다.

별안간 소파에 앉아 있던 둘째 큰어머니가 자리에서 일어나 어머 어머, 얘라며 내게 안타까운 표정을 지어 보였다. 미국에 와놓고 연락이 없었니? 어머, 얘. 그녀가 한 말은 그게 전부였다. 막상 연락했더라면 그들이 반겨주었을까.

너, 돈은 있니? 얘?

나에게 그런 질문을 한 사람은 둘째 큰어머니였다. 뻔히 내 사정을 알면서도 식구들 앞에서 일부러 떠보려고 질문했다는 걸 바로 알아차렸다. 나는 고개를 저었다. 이렇게 된 이상 돈을 받아낼 생각이었다. 그러자 둘째 큰아버지는 지갑을 열고 돈을 꺼내 나에게 내밀었다. 이거 가져가라. 순간 일제히 가족들이 나를 쳐다보았다. 나는 조심스럽게 그 돈을 받아들었다. 어떤 모욕을 당하든 살기 위해서는 돈을 가지고 있어야만 했다.

그날 박재령이 무슨 생각을 했는지, 내가 알 길은 없었다. 오히려 그의 얼굴은 좀 더 붉게 달아올랐는데, 뭔가 할 말이 있다는 듯 나를 쳐다보았다. 나는 일부러 고개를 돌렸다.

둘째 큰아버지가 나를 대하는 태도로 봐서, 그가 자신의 동생을 어떻게 생각했는지를 짐작할 수 있었다. 모든 것이 돈에 달렸다지만 나는 둘째 큰아버지를 따뜻한 눈길로 바라볼 수 없었다.

인격적으로 본다면, 사람의 그릇으로 본다면 큰아버지가 더 어른

답다고 할 수 있었다. 비록 둘째 큰아버지가 많은 돈을 가졌지만 이번 생에서는 자신의 형을 따라갈 수 없을 것 같았다.

어쨌든 먼 곳에 왔으니 잘 해봐라. 아무래도 여기가 더 환경이 좋지 않겠니? 교육의 질도 다르고.

알겠습니다.

아무튼 안됐지. 네가 겪은 일은 안됐어. 너는 참 큰일을 겪었어. 그 녀석 말이야. 참 젊은 나이인데 아깝긴 했어. 하지만 사람마다 저마다 명이 정해져 있는 거라면 그걸 어쩌겠어. 아무튼 받아들이는 수밖에. 살아 있는 사람들은 별수 없잖니.

둘째 큰어머니가 그 말을 하는 동안 둘째 큰아버지는 말이 없었다. 아니 부부는 일심동체라는 듯 둘째 큰아버지는 몇 번이나 고개를 끄덕일 뿐이었다. 그들이 그동안 가정생활을 어떻게 영위해왔는지 어렴풋이 짐작할 수 있었다. 둘째 큰아버지 부부에게는 많은 걸 이룬 사람들의 우월감이 은연중 드러났다. 그 곁에 있는 사람들이 어쩔 수 없이 상처를 받았을 테고 입을 다물었을 것이다.

그날 밤, 그 시간이 어떻게 흘러갔는지 알 수 없었다. 다행히 둘째 큰아버지 부부는 근처 호텔에 가서 자야겠다고 서둘러 일어나려고 했다. 박재령 역시 이제 그만 집으로 가야겠다고 했다. 나는 그를 전 철역 입구까지 데려다주기 위해 천천히 걸었다.

괜찮니, 너?

지하철 입구에서 그가 물었다.

네, 별일 아니에요.

나는 일부러 꿋꿋이 대답했다.

사실 생각해보면 별일은 아니었다. 둘째 큰아버지 부부에게 상처 받을 일도 아니었다. 그들을 자주 보는 것도 아니고 언제 또 볼지 기약도 없었다. 냉정히 따져보면 그들이 틀린 얘기를 한 것도 아니었다. 돈이 있느냐고 물은 것도 그로서는 당연히 궁금했을 테고, 현재 자신의 지위와 형편을 과시하고 싶었을 것이다.

성공한 사람들에게는 분명 이유가 있었다. 근면하거나 수완이 좋거나 운이 좋거나 일반적인 사람들과는 분명 다른 이유가 있었다. 나는 그렇게 생각할 수밖에 없었다. 다만 박재령과 함께 걸어가는 동안, 나는 그간 잊고 지냈던 아버지를 떠올렸는데, 어딘가에 살아 있다면 어떻게 지내고 있을지 궁금해졌다.

그사이 새로운 가정을 꾸리기라도 한 걸까. 냉정히 말한다면 그럴 만한 능력은 되지 않을 것 같았다. 한 가정을 꾸려나가기에는 많이 부족했고 여자에게 어필할 만큼 말을 잘하는 편도 아니었다. 잠시 안정적으로 살아가던 때가 있었다. 유년 시절에 아버지는 늘 술을 마시고 다니느라 내가 잠들어 있던 시간에 들어왔다. 그렇다고 그를 미워할 수만은 없었다. 어쩐지 능력이 없는 것도 그의 운명인 것 같았다.

모든 것을 팔자 탓으로 돌릴 수만은 없지만 그 역시 노력을 해보다가 도랑으로 굴러떨어진 것뿐이라는 생각이 들었다. 자신의 하나뿐인 아들이 죽었다는 것도 모를 텐데. 나는 인생의 진실을 알릴 수 없다는 게 몹시 안타까웠다.

그 모든 사연을 내 옆에 서 있는 박재령에게 말할 수는 없었다. 다만 나에게 연민은 갖지 말라고 부탁하고 싶었다.

갈 수 있겠니?

그가 나에게 물었다.

어두운데 괜찮겠니?

박재령의 말투는 너무 다정하고 따뜻했다. 갑자기 눈물이 나올 것
같았다.

괜찮겠니?

나는 고개를 들고 그를 쳐다보았다.

괜찮아요. 가세요.

그래. 들어가라.

박재령은 나에게 말했고 나는 먼저 등을 돌렸다. 그리고 집으로 돌
아왔을 때, 생각지도 않게 그에게서 전화가 걸려왔다.

잘 들어갔니?

네.

추웠지?

아니에요.

많이 피곤했을 거다.

괜찮아요.

보통 몇 시에 자니?

새벽에요.

늦게 자는구나.

집에서 지하철까지 오가는 길이 무섭지 않니?

괜찮아요.

다음에는 내가 집까지 데려다주마.

네. 참, 그거 말이에요.

그거?

그때 나에게 적어주었던 시 말이에요. 곧 봄이 온다는 뜻이죠?

봄은 누구에게나 오니까.

내가 얼음 속에서 살았다는 뜻인가요?

그런 뜻은 아니었어.

통화는 그렇게 끝이 났다. 잠시 후에 나는 둘째 큰아버지가 주고 간 지폐를 세어보았다. 어느새 나는 돈이 생겼다는 안도감을 느끼고 있었다. 돈이 떨어질지도 모른다는 불안감. 늘 그런 감정을 지니고 있었다. 그 순간 평생을 가난하게 살았던 어머니가 떠올랐는데, 그런 불안한 마음조차 유전되는 건지 오래전에 세상을 떠난 어머니가 그리워졌다.

어머니는 성정이 순한 사람이었다. 결혼과 동시에 자신을 희생하면서 자식을 보살핀 사람이었다. 그녀는 인생으로부터 받은 것보다 빼앗긴 것이 더 많았지만 누군가에게 쉽게 감정을 토로하지 않고 많은 걸 인내한 여인이었다.

*

어머니는 몇 년간 시어머니를 모시고 살았다. 손님들이 많이 찾아와서 하루에 여섯 끼, 심지어 아홉 끼를 차린 적도 있었다. 누가 봐도 시어머니보다는 며느리의 음식 솜씨가 나아 보였다. 그런 평계로 며느리의 노동은 늘어만 갔고 생활비도 받지 못한 채 어머니는 긴 시간을 부엌에 매여 있었다. 젊은 나이였고 쌍둥이를 길러내느라 버거운 시간을 보내고 있을 때였다. 어머니에게도 산후우울증이 왔는지에 대해 내가 아는 바는 없었다. 다만 몹시 피로하고 하루하루 버겁게 산을 오른다고 느꼈을 것이다. 나와 오빠는 그런 어머니에게 칭얼거릴 수도 없었다.

어릴 적 나의 쌍둥이 오빠는 늦은 밤 옥상에 올라가 밤하늘을 올려다보는 걸 좋아했다. 한번은 오빠 곁으로 다가섰을 때, 그가 나에게 버럭 성질을 낸 적도 있었다.

저리 좀, 가.

왜?

혼자 있고 싶어.

그는 몹시 성가시다는 듯 나를 밀쳐냈다. 서운하기도 했지만 그의 성격 탓이라고 생각했고 그 이후로는 좀처럼 다가가지 않았다. 그러다 보니 어른들을 봐도 나는 늘 데면데면하게 굴었다.

할아버지는 내가 태어나기 전에 세상을 떠났으니 나는 그의 모습을 본 적이 없었다. 다만 시집살이하는 그 몇 년 동안 어머니는 시댁 사람들에 대해 아주 안 좋은 감정을 갖게 된 것 같았다. 간혹 이북 사람들을 만나면 할머니는 끼니를 대접했는데, 그들은 잊지 않고 훗날 다시 찾아왔다. 하나같이 며느리의 음식 솜씨를 칭찬했고 돌아갈 때는 며느리에게 돈을 찔러주었다. 하지만 몇 푼의 돈으로 위로받을 수는 없는 일이었다. 결국 어머니는 체념했는지 절에 가서 기도를 계속했다. 어릴 적 나는 어머니를 따라 자주 절에 가곤 했다. 스님들에게 공손하게 인사해라. 어머니가 이렇게 말했지만 나는 어색해서 고개만 숙였다.

왜 절에다 돈을 갖다 줘요?

나는 어머니에게 물었다.

너희들, 잘되라고 기도하는 거야.

아깝지 않아요?

부처님이 잘 보살피실 거야.

무릎이 부서지도록 기도하는 것. 어머니는 그것을 실천했다.

너는 부처님 손바닥 안에 있다.

언젠가 어머니는 내게 말한 적이 있었다. 부처님 손바닥 안이라. 나는 그게 무엇을 의미하는지 이해하지 못했다.

돌이켜보면 짧은 인생이었다. 어머니는 시어머니보다 몇 년 일찍 세상을 떠났고 두 아이를 남겼다. 장례식장에는 어머니의 밥을 얻어먹은 사람들이 찾아와서 애도했다. 그들 중 누군가는 나와 오빠를 끌어안고 측은하다는 듯 눈물을 훔치기도 했다.

어머니가 떠난 후에도 가장 마음을 써준 사람은 큰아버지였다. 그는 뭔가를 보상이라도 하려는 듯 조카들의 교육비를 지원했다. 큰아버지는 애초부터 자신의 막내동생이 많이 부족한 사람이라는 것을 알고 있었을 것이다.

나의 아버지는 의심과 불안이 많던 사람이었다. 어머니가 곁에 있는 누군가를 칭찬하면 그것을 못마땅하게 여겼고 그 사람들 곁에 가서 살라고 타박했다. 아버지가 본인의 자격지심으로 면박을 줄 때도 어머니는 굳게 입을 다물었다.

어느 날 어머니는 아버지의 큰형을 칭찬했고 술에 취해 돌아온 아버지는 그날 밤 어머니의 뺨을 사정없이 때렸다. 그리고 그날 밤 아버지는 이불에 누운 채 소변을 보았다. 빨래를 하고서도 밖에 이불을 널면 동네 사람들이 알게 될까 봐 어린 자식이 오줌을 싼 거라고 사람들에게 거짓말을 했다.

아버지는 그런 사람이었다. 과거에도 그는 술을 잔뜩 마시고 들어와 잠들어 있는 아내를 겁탈했을 것이며 그 상태로 쌍둥이를 임신시켰을 것이다. 술을 마시고 겁탈해서 낳은 아이들이 온전할 수 있을 것인가.

그로 인해 쌍둥이 오빠와 내가 어릴 적부터 그렇게 정처 없이 흔들렸던 걸까.

쌍둥이 오빠는 많은 것들을 직감했는지, 부모에게 얻을 게 없다고 생각했는지 언젠가 나에게 이런 말을 한 적도 있었다.

기대하지 마라.

하지만 나는 기대를 버릴 수 없었다. 부모가 나를 도와줄 수 있는 사람들이라고 믿었다. 아버지가 어떤 사람인지 정확히 인식하지 못했던 셈이었다. 아버지 사주에는 귀문관살이 여러 개 있었다.

이석영의 『사주첩경』에 보면 귀문관살이 여러 개 있는 자는 정신 이상에 걸릴 확률이 높다고 나와 있다. 일반적으로 사람들이 생각하는 것보다 한 단계 더 나아가서 상대를 의심하고 때로는 예민한 기질을 보이는 경향이 있다.

귀문관살을 잘 살려서 예술로 승화시키면 번뜩이는 재능으로 발전시킬 수도 있지만 그게 잘못 사용되면 일상 속에서, 타인과의 관계 속에서 어려움을 겪을 수도 있었다. 어떤 광기. 한쪽으로 치우치는 경향.

대인관계에서 자꾸만 어긋나는 걸 보면서 어린 날 나는 아버지에게 보통 사람들과는 다른 무언가가 있을 거라고 생각했다. 막연히 아버지가 예술적인 일을 하게 되기를 바랐다. 하지만 아버지는 창작이나 예술적인 일에는 관심이 없었고 젊은 날 그저 시간을 흘려보내면서 인생을 낭비했다.

아버지와 함께하는 동안 어머니는 막대한 피해를 입은 셈이었다. 한 사람이 가까운 다른 사람의 인생에 타격을 줄 수 있다는 사실이 나는 두려웠다. 그것을 악연이라 불러야 할지 모르겠지만 세상에는 분명 악연이라는 것도 존재했다.

*

일반적으로 사주 명리에서는 음양의 조화와 조후를 중요하게 여긴다. 너무 춥거나 뜨겁거나 습하거나 한쪽으로 치우쳐 있는 게 아니라, 적절한 기온으로 배치되어 있는 것을 조후라고 한다. 차가운 곳에는 그것을 달래줄 따뜻한 기운이 필요하다. 남극에서는 꽃을 피우기 어렵듯이 너무 뜨거운 곳에서도 생물들이 오래 살 수 없다. 인간의 삶뿐만 아니라 지구상에 존재하는 모든 생물들이 적절한 조후를 필요로 한다.

만약 등산을 하다가도 혹독한 추위가 계속되면 몸을 피할 수밖에 없다. 위험 속에서 산을 올라간다면 생명을 마감할 수도 있다. 그런 경우 적절한 지혜를 발휘해서 산을 내려와야만 한다. 엄동설한에는 작은 불길이 중요한 법인데, 그 불길을 얻지 못해서 고생하기도 한다.

사주팔자 자체가 축축하고 대운까지 춥게 흘러간다면 인생에서 불리한 일을 겪을 수도 있다. 조후가 적절히 이루어지지 않을 때, 우울증에 걸리거나 건강상 어려운 문제에 직면한다.

여성의 경우, 칠살이 강하면 남편에게 극을 당하거나 몸이 아플 수도 있다. 배우자 자리에 형살이 있다면 다른 사람들에 비해 배우자 복은 떨어질 수밖에 없다. 흔히 인생에서 중요한 인연이 부모와 배우자라는데, 배우자가 나에게 해를 가한다면 고생할 수밖에 없다.

요즘은 시대가 달라져서 성격 차이에도 이혼을 하지만 옛 어른들은 한번 결혼하면 거의 평생 동안 인연을 지속했다. 물론 그 인연이 박해서 마음고생을 하는 경우는 예나 지금이나 많이 있다.

일반적으로 주위 사람들에게 도움을 받으려면, 그 사람의 사주팔자에 인성이라는 성분이 있어야 한다. 인성은 곧 학문으로 향하는 운으로 칭하기도 한다. 인성이 없을 경우 남들보다 학업 성과가 떨어지며 주위 사람들에게 덕을 보기가 어렵다. 만약 인성이 없다 해도 식상과 재가 잘 자리 잡고 있으면 먹고사는 데에는 큰 지장이 없다. 자신의 부지런함과 노력으로 재물을 취할 확률이 그만큼 많아진다.

아무래도 나의 어머니에겐 칠살이라는 게 강하지 않았나, 그런 생각이 들었다. 남편에게 극을 당하고 결국 자신의 몸까지 아프게 되었으니 여자로서 행복을 논하기 어려웠고, 경제적인 어려움까지 겹쳐 인생이 버거웠을 것이다.

어떤 경우 한평생 부를 취하며 어떤 경우에 가난을 면치 못하는가. 만약 처음부터 그런 게 정해져 있는 거라면, 좀 잔인한 일이 아닌가. 처음부터 배우자 복이 정해져 있고 자신의 그릇이 정해져 있는 거라면, 그것 또한 무서운 일이 아닌가.

망종
사랑을 갈구하며 찾아다니는

명진애가 한국으로 돌아간 후 나는 전보다는 조금 더 자유로울 수 있었다. 나도 모르게 그녀를 의식하고 있었던 셈이었다. 박재령에게 향하는 그 열망을, 그 뜨거움을 옆에서 지켜보지 않아도 되니 한결 마음이 편안했다. 하지만 얼마 지나지 않아 명진애는 다시 가게에 나타났다. 한국을 내 집처럼 드나드는 건지, 비행깃값이 꽤 비쌀 텐데 그런 것쯤은 문제가 되지 않는지 담담한 표정이었다.

나는 두려움을 느꼈다. 그녀가 직접적으로 나와 아무 관련이 없다 해도 박재령과 밀접한 사람이니 그의 인생에 타격을 가할까 봐 두려워졌다.

나는 사랑이 무엇인지, 사랑의 이면과 폭력과 소유욕을 정확히 알지 못했고 상대의 내면 또한 알지 못했기에 그녀를 본 순간 조금 놀라지 않을 수 없었다.

정확히 두 달 만에 모습을 보인 셈이었다. 계절이 바뀌어가고 있었고 명진애의 옷차림 또한 달라져 있었다. 전보다 더 수수하게 변해 있었고 짙은 화장을 하지 않았고 과하게 치장하지도 않았다. 속눈썹을 붙이지도 않았고 손톱에는 매니큐어조차 칠하지 않은 상태였다. 다만 전보다 더 살이 빠져 있었고 어딘가 모르게 수척해 보였다. 그에 비해 눈빛만큼은 도도하고 당당해서 상대를 찌를 듯이 쳐다보고 있었다.

명진애는 가게를 둘러보면서 직원들에게 인사했다. 직원들 역시 당혹스러워하는 눈치였다. 갑자기 어떻게 된 일이냐고 묻는 사람도 있었고 일부러 무심한 척 돌아서는 사람도 있었다. 과거에 함께 같은 공간에서 술을 마시고 노래를 부른 적이 있었어도 그 시간은 이미 지나가버렸다는 듯 가게 사람들은 좀처럼 명진애에게 마음의 문을 열지 않았다. 시간이 흘렀고 그만큼 사람들의 마음 또한 달라져 있었다. 평일 오후 시간이라 손님들은 적었고 밖에는 조금씩 비가 내리고 있었다. 그녀는 가게를 한번 둘러보더니 나에게 다가와 말했다.

제대로 정리가 안 된 상태네.

그러나 나는 개의치 않았다.

허전하지 않았어?

그녀가 나에게 말했을 때, 나는 담담한 표정을 지었다.

후련했을 수도 있겠네.

어떻게 된 일인가요?

나는 예의상 물었고 그녀는 별일 아니라는 듯 답변했다.

그냥 돌아오고 싶었어.

그냥이요?

일이 해결됐거든. 복잡한 일이었는데 아무튼 해결이 잘 됐어.

다행이군요.

부모님한테 유산 상속을 미리 받았어.

유산이요?

이제 일은 하지 않아도 돼. 깔끔하게 처리했어.

그렇군요.

궁금하지 않았니?

뭐가요?

그냥. 모든 게. 다시 보니 여긴 참 여전하구나.

그녀는 눈앞에 보이는 테이블을 손가락으로 천천히 문질렀다.

여전해. 차암, 더러워.

더러워요?

여기 사람들은 참 게을러.

그녀는 뭔가 작정한 사람처럼 말했다.

발전이 있을 거라고 생각하니?

네?

여기서 일하면 발전이 있을 거라고 생각하니?

나는 아무 대답도 하지 않았다. 발전이라면, 인생의 발전을 의미하는 건가. 여기를 나가면 다른 인생이 펼쳐지나.

계속 이렇게 지낼 생각이지?

그녀의 말에 나는 아무 대답도 하지 않았다.

비싼 옷인데, 젖었어. 우산 있니?

아니요.

가게에 우산 남아돌잖아.

다 버렸어요.

처음에 말이야. 너 봤을 때, 성질 좀 있겠다 생각했어.

성질 없는 사람도 있나요?

남의 집에 얹혀살면서 잘난 척하기는.

그렇게 보일 거예요.

너 돈 필요하지? 여기서 일하면서 벌 수 있겠니?

나는 아무 대답도 하지 않았다. 처음에 그녀에게서 보았던 씩씩함과 친절함은 사라지고 어딘가 모르게 독기만 남아 있었다. 어떤 모습이 진짜였을까. 자신을 포장하려고 하나. 아니면 숨기려 하나. 계절이 변하면서 그녀에게도 변화가 생긴 것이겠지만 다소 무례한 모습을 보면서 나는 그녀에게 실망했다. 처음에 내가 가졌던 호기심은 사라졌고 이제 불편한 존재로 인식되었다. 그건 다른 직원들도 마찬가지였다.

사랑을 받으려면, 받을 만한 행동을 해야지.

누군가 말했는데 나는 명진애의 행동이 그녀의 결핍 때문이라는 걸 알았다. 상대를 유혹하고 어느 순간 차갑게 대한다는 것, 그 모습을 보면서 나는 그동안 꽤 많은 사람들이 그녀에게 상처를 입었을 거라고 짐작했다. 굳이 남자가 아니어도 같은 여성끼리도 충분히 마음의 타격을 받을 수 있었다.

명진애는 도통 속을 알 수 없는 사람이었다. 비열한 것 같으면서도 순진무구한 표정을 지었고 악랄한 것 같으면서도 시시때때로 딴청을 부렸고 사람을 이용하려고 들었다. 그에 비하면 박재령은 다른 부류의 사람이었다. 간혹 무슨 생각을 하는지 알 수 없었으나 그는 적어도 사람을 진심으로 대하려고 했다. 태생부터가 다르다. 나는 그런 생각을 하지 않을 수 없었다.

시간이 흐르면서 박재령에 대해 더 알게 된 게 있었다. 바로 그가 독립운동가 집안의 후손이라는 사실이었다. 그의 부모들 역시 외국에서 교육을 받은 사람들이었다. 그에 대해 알게 될수록 나와는 다른 사람이라는 사실에 그를 피하게 됐지만 그럴수록 그는 더 가까이 다가왔다. 명진애와 거리를 두었으면서도 나에게는 그러지 않았다. 오히려 갈수록 더 다정하게 대해주었다. 그게 고맙기도 했지만 그가 대학을 간다면 멀리 떨어져 지낼 수도 있다는 것을 떠올리지 않을 수 없었다.

그렇다고 그를 따라서 이사 갈 용기는 나지 않았다. 적어도 어떤 결핍으로 인해 사랑을 갈구하며 찾아다니는 맹수 같은 모습은 보이고 싶지 않았다. 그저 자연스럽게 인연이 오고 가는 것을, 운명을 받아들이고 싶었다.

주말이 되었지만 박재령은 가게에 모습을 드러내지 않았다. 공부에 전념하느라 바쁜 건가. 가게에 못 나온다고 큰어머니에게 미리 말을 한 걸까. 그게 아니면 명진애의 소식을 듣고 일부러 그녀를 피한 걸 수도 있었다.

명진애는 작정한 듯 주말에 다시 나타났고 가게 안을 둘러보다가 빈 의자에 앉아 식사하고는 다시 한번 주방 쪽을 둘러보다가 밖으로 나갔다.

나는 가게를 나가서도 건너편에서 그녀가 이쪽을 주시하고 있다는 것을 알아차렸다. 명진애는 기어코 박재령이 나타나기만을 기다리고 있었다. 이 모든 것을 안다는 듯 그는 끝내 나타나지 않았다.

늦은 밤 직원들이 퇴근할 때에도 그녀는 건너편에서 이쪽을 바라보고 있었다. 나는 직원들에게 아무 말도 하지 않고 거리로 나섰다.

나는 몇 번이나 뒤를 돌아보았고 누군가 내 뒤를 쫓아오고 있다는 것을 직감했다. 나에게 해코지라도 하려는 건가. 플러싱 거리가 어둡다는 걸 알고 일부러 뒤에서 협박이라도 하려는 건가.

나는 명진애가 어디쯤에 살고 있는지, 정확한 주소를 알지 못했다. 그녀가 쫓아오도록 내버려둘 수만은 없었다. 집이 어디인지 알게 된다면 그녀의 성격상 느닷없이 찾아올 수도 있었다. 간혹 박재령이 큰아버지 댁에 찾아오곤 했으므로 그들이 그곳에서 마주치면 더 복잡한 일이 생길 수도 있었다.

나는 조금씩 두려워지기 시작했고 일부러 중국인 마트에 들러 과일을 고르는 척했다. 명진애는 마트 안으로 들어와서 나를 훔쳐보았다. 나를 쫓아온다면 그토록 기다렸던 한 남자를 만날 수 있으리라 생각하는 걸까. 한편으로는 연민이 들었지만 냉정해져야만 했다. 감상적으로 대하기엔 뭔가 그녀에게 위험한 면이 있었다.

나는 그녀를 따돌리기 위해 마트에서 아무것도 사지 않고 조용히 밖으로 나왔다. 바로 어두운 골목길로 숨었고 밖으로 나와 두리번거리는 명진애의 모습을 지켜보았다. 그러나 아직 안심하기에는 일렀다. 나는 근처에서 공중전화를 찾았고 큰아버지 댁에 전화를 걸어 사촌언니에게 집 밖으로 나와줄 수 있느냐고 물었다. 평소 깊은 대화를 하지 않아서 무척 놀랐을 텐데 그녀는 내가 있는 곳으로 찾아왔다.

플러싱역 근처에 있는 맥도날드 구석에 나는 앉아 있었다. 사촌언니는 야구 모자를 눌러쓴 채 다가왔다.

무슨 일이니?

언니.

무슨 일이라도 생겼니?

나는 그간에 있던 일들을 말할 수 없었다. 섣불리 명진애에 대해, 박재령에 대해 말하고 싶지 않았다.

사촌언니에게 돈을 좀 빌렸고 어른들께 잘 말씀드려달라고 한 후에 자리에서 일어섰다. 그날 밤 나는 큰아버지 집으로 돌아가지 않았다. 대신 박재령에게 전화를 걸었다. 그는 한참 뒤에 전화를 받았다. 나는 지금 만날 수 있느냐고 물었고 그는 그러자고 대답했다.

나는 박재령이 알려준 74번가 브로드웨이역에서 내렸고 신호등을 건넜고 사람들 속으로 빠르게 걸어갔다. 약속된 장소에 그가 나와 있었다. 남성 정장을 파는 가게 앞이었다. 내가 그에게 다가가 어깨를 두드렸을 때, 박재령은 뭔가 들킨 듯 화들짝 놀라는 눈치였고 나를 보자마자 안도의 한숨을 내쉬었다. 누군가에게 쫓기듯 그의 얼굴에는 핏기가 없었다. 나 역시 조금 전까지 누군가에게 쫓기고 있었고 어디론가 다급하게 피신할 곳을 찾고 있었다.

그날 박재령을 찾아간 것은 운명이었을까. 무엇 때문에 그에게 연락한 건지 나조차 알 길이 없었다. 다만 그가 필요했고 그는 만남에 응해주었다.

그는 나를 데리고 가까운 카페로 들어갔고 직원이 메뉴판을 가져다주었다.

무슨 일이니?

그가 나에게 물었다.

오늘 가게엔 왜 안 나왔어요?

그냥 일이 좀 있었어.

명진애 언니가 가게에 왔었어요.

그랬구나.

박재령은 뭔가 짐작이라도 했는지 아무 대답도 하지 않았다.

일부러 피한 거예요?

그런 건 아니야.

언제까지 그럴 거예요?

그러게나 말이다.

아직 단념이 안 된 것 같은데.

시간이 지나면 괜찮을 거야.

시간이 지나면?

사실 나는 그 애가 크게 신경 쓰이지 않는다.

그런데 왜?

다만 나는 해야 할 일을 하는 것뿐이야.

순간 어떤 슬픈 느낌에 사로잡혔다. 꼿꼿이 앉아 있는 그를 흔들어 버리고 싶었다. 하지만 무작정 그를 괴롭힐 수는 없는 노릇이었다. 박재령은 나에게 도움을 주었으면 주었지, 피해를 주지 않은 사람이었다. 나는 그 인연을 소중히 여겨야만 했다.

그와 동시에 그를 볼 때면 답답한 감정이 들었고 왜 명진애를 그대로 두는 건지 의구심이 들었다. 사람에 대한 연민 때문인가. 그렇다 해도 냉정하게 인간관계를 잘라내야 하는 거 아닌가.

구체적으로 알 수는 없었지만 나는 그가 미지근한 태도로 여자들을 대하고 있다는 느낌을 받았다. 그러나 설령 그렇다 해도 내가 그에게 뭔가를 요구할 수는 없는 일이었다. 나는 그의 여자친구도 아니었고 그럴 만한 자격이 없었다. 이런 내 마음을 어느 정도 이해한다는 듯 박재령은 차를 마시면서 따뜻한 눈길로 나를 바라보았다. 무슨 연유로 그녀가 나를 따라왔는지, 섣불리 예측할 수는 없었다. 다만 그와 나는 한패라는 생각에, 그를 따라가고 싶었다. 그날 자리에서 일어날 때, 나는 그의 팔을 잡았고 집에서 하룻밤 신세를 져도 되느냐고 물었다.

괜찮겠니?

나는 고개를 끄덕였다.

근데 늦게까지 공부해야 해.

방해하지는 않을게요.

그는 공부해야 한다고 했다. 나는 그를 방해할 생각이 없었으나 내가 곁에 있는 동안 그가 자기 일에 집중하지 못할 게 분명했다. 그는 집에 먹을 게 없다면서 가게에서 과일을 조금 산 뒤 집으로 향했다.

그는 비좁은 아파트에서 살고 있었는데, 다른 방에는 중국인들이 거주하고 있었다. 거실과 욕실은 공동으로 사용하고 있었다. 그의 생활은 내가 예상했던 것보다 더 열악했다. 방음이 되지 않았고 실내는 찬 기운이 맴돌았다. 그의 방은 온통 책으로 가득 차 있었다. 구석엔 침대와 책상이, 작은 탁자가 놓여 있었다. 형광등 불빛은 어두웠고 좀처럼 집중이 어려울 것 같았다.

그의 상황에 비하면 내가 머물고 있는 큰아버지 댁은 형편이 너무 좋다고 할 수 있었다. 그동안 내가 사치를 부린 거구나. 그동안 가게에서 일하면서 돈을 꽤 벌었을 텐데, 왜 이런 곳에 있는 걸까. 어쩌면 대학 등록금을 마련하기 위해 이런 선택을 했겠다 싶었다.

박재령은 이런 상황에 크게 불만이 없어 보였다. 그의 아버지는 경제적으로 여유롭다고 들었는데. 그는 부모에게 도움을 받지 못하는 걸까.

그의 방에 가득한 책들에는 사주 명리에 관한 책들도 있었다. 그중에 한 권을 들춰보고 싶었으나 나는 그저 조심스러운 표정을 지으며 바닥만 내려다보았다.

만약 명진애가 이 사실을 알면 나를 가만히 두지 않을 수도 있었다. 먼저 꼬리를 쳤다고 난리 칠 수도 있었다. 설사 그녀가 그렇게 생각한다 해도 나로서는 부정할 마음이 없었다. 나와 박재령과의 관계일 뿐, 그녀가 개입할 문제는 아니었다.

*

박재령은 미국에 와서 적응하던 시절의 얘기를 들려주었다. 다소 어색한 시간이 흐르긴 했지만 나는 애써 그의 침대에서 잠을 청하려 했다. 그는 다시 책상에 앉아 공부에 몰두했다.

나는 몇 번이나 명진애가 쫓아왔다고 말하고 싶었으나 괜히 그가 불안해할까 봐 말하지 못했다. 내가 그를 찾아온 게 하나의 유혹으로 비칠지 몰라도 여전히 나의 마음은 그에게 강렬하게 가닿지 않았다.

한국을 떠나올 때부터, 아니 쌍둥이 오빠의 죽음을 접한 이후부터 나는 삶에 체념한 태도로 살아오고 있었다. 더욱이 이국땅에서 연애를 하거나 누군가에게 깊이 몰두하고 싶지 않았다. 만일 상대가 일방적으로 나를 좋아한다면 데이트를 해볼지도 모르겠지만 박재령은 뭔가 다른 곳에 심취해 있어 굳이 나를 원하는 것 같지도 않았다. 어쩌면 내가 많은 것들을 착각한 걸 수도 있었다. 박재령이 먼저 나에게 다가오지 않으면 나 역시 그에게 다가가지 않겠다는 마음을 품고 있었다. 하지만 그날 내가 먼저 그를 찾아간 건 어떻게 설명해야 할까.

나는 스스로를 이해하지 못했고 어느 정도 자책하면서 잠들었다. 그는 나에게 다가와 이불을 덮어주고는 다시 책상으로 돌아가 책을 펼쳤다. 나는 일부러 잠든 척했다. 조금 더 용기가 있었다면 그날 밤 많은 것들이 달라졌을까.

새벽녘에 내가 자리에서 일어났을 때, 그는 뒤를 돌아보았고 뜨거운 차 한 잔을 가져다주었다. 나는 그를 따라 밖으로 나가서 아침 식사를 했고 공원을 산책했다. 이른 시간이라 인적이 드물었으며 멀리 열차 지나가는 소리만 들려왔다.

여기서 산 지 얼마나 되었어요?

육 개월쯤.

그전에는 어디서 살았어요?

브루클린에서 지냈어.

브루클린.

가본 적 있니?

아니요.

뉴욕에서 어디를 가장 좋아하니?

가본 데가 별로 없어요.

나는 브루클린 브리지를 좋아해.

거기에 뭐가 있는데요?

그냥 걸을 때면 마음이 편안해져. 특히 그곳은 저녁 무렵 참 아름다워.

혼자 지내는데 외롭지 않아요?

너는 어떠니?

괜찮아요. 대화할 사람도 있고요.

다행이구나.

어떠세요?

나는 외로움을 잘 느끼지 않아. 익숙해졌다고 해야 할까.

언제부터요?

너는 외로움을 많이 느꼈나 보구나.

솔직히 말하면 한국에서 살 때가 더 외로웠던 것 같아요.

그때가 그립니?

별로요. 큰아버지 말씀으로는 내가 외국에서 사는 게 더 낫다고 하던데. 어떻게 생각하세요?

아마 그러는 게 좋을 거야.

박재령은 말을 아끼려는 듯 입을 다물었다.

큰아버지와는 원래 알던 사이였죠?

그런 셈이지.

사촌언니와도 아는 사이죠?

어느 정도는.

혹시 인생에서 이루고 싶은 거 있어요?

너는 있니?

제가 먼저 물었어요.

좋은 여건에서 계속 공부를 했으면 해.

공부.

그리고 너무 가난하게 살지는 않았으면 좋겠구나.

가난해본 적 있어요?

지금도 형편이 그리 좋지는 않으니까.

대학에 가려면 등록금은요?

아버지가 원하는 곳에 가게 되면 어느 정도는 지원을 해주실 거야.

그분은 어디에 계세요?

다른 도시에 계셔.

언제부터 떨어져 산 거예요?

재혼하셨어. 그분은.

그렇군요.

이탈리아 여자분과 같이 살아.

이탈리아요?

이탈리아에 가봤니?

아니요.

박재령은 자신의 아버지에 대해 털어놓았다.

십 대 시절, 박재령은 자신의 부모님과 형제들과 함께 로스앤젤레스에서 산 적이 있었다. 한인들이 많던 동네였고 그러다 보니 사람들과 많은 교류를 할 수밖에 없었다. 박재령의 아버지는 사회성이 뛰어난 사람이었다. 화통한 면이 있었고 사람들에게 돈을 잘 썼고 언변이 뛰어났다. 밖에서 많은 활동을 하다 보니 집에서는 아내와 마찰이 있었고 자주 싸움을 벌였다.

박재령의 어머니는 마냥 온순한 사람은 아니었다. 지적인 데다 수완이 좋았지만 남편의 뒷바라지를 하며 희생하는 타입은 아니었다. 대외적으로 그들은 함께 다녔지만 집 안에서는 친밀하지 않았다. 형제들끼리 사이는 좋았지만 부모 사이가 원만치 않으니 집 안 분위기는 어색해질 수밖에 없었다.

그들의 옆집에는 또 다른 한인 가정이 살았다. 미국으로 건너온 지얼마 되지 않은 그 가족은 화목해 보였다.

박재령의 아버지는 먼저 옆집 부부에게 가서 인사를 했고 그들이 어려움을 겪을 때 도움을 주기도 했다. 박재령의 아버지는 사려 깊으면서도 어딘지 모르게 진중한 옆집 남자를 인간적으로 신뢰하고 좋아했는데, 그 남자가 사업을 시작한다고 했을 때 조심스럽게 염려했다.

사업을 하기에는 뭔가 부족해 보였고 어딘지 모르게 연약해 보였다. 몇 번 술자리를 하면서 서로에 대해 알게 되었을 때, 옆집 남자는 자신의 고향이 이북이라고 털어놓았다. 황해도 재령. 어쩌다가 타국까지 와서 만나게 된 건가. 박재령의 아버지는 옆집 남자에게 마음을 열었고 친분을 쌓아갔다. 하지만 박재령의 아버지가 우려한 것처럼 옆집 남자는 몇 년 지나지 않아 사업에 실패했고 어려움을 겪었다. 그 즈음 로스앤젤레스 폭동이 일어났고 옆집 남자의 아내가 경영하던 가게까지 불이 나서 많은 것을 잃었다.

당시에 박재령의 아버지는 그들 부부가 다시 일어설 수 있도록 돈을 빌려주었고 몇 년이 지나지 않아 이자까지 쳐서 돈을 돌려받았다. 그게 그들의 관계였다. 옆집에 살던 사람들은 나의 큰아버지 부부였다.

사업에 실패한 후 심적 타격을 받은 큰아버지는 예전에 읽던 명리학 책을 다시 꺼내 보았다. 과거에도 혼자 공부해본 적이 있지만 본격적으로 다시 고서를 들여다보았고 학문의 길로 걸어 들어갔다. 간혹 외부에서 만난 사람들이 부탁할 때만 그들의 운명을 봤을 뿐 재미로 남의 사주를 봐주지는 않았다.

그는 자신의 아버지가 유명한 역학자였다는 말을 사람들에게 하지 않았다. 그 말을 해봤자 돌아오는 건 편견과 멸시, 무시와 조롱일 것이었다. 큰아버지는 당시 옆집에 살던 부부의 사주를 봐주기도 했다. 그는 말을 아꼈고 되도록 좋은 얘기를 해주었다.

큰아버지는 섣불리 다른 사람의 운명에 대해 말하지 않았다. 어린 박재령이 옆집 남자에게 본 것은 신중함과 사려 깊음이었다. 박재령은 그간 살아오면서 나의 큰아버지 같은 분을 만나본 적이 없다고 했다. 깊고 진솔했으며 함부로 허튼 말을 하지 않는 사람이었다. 겉으로는 부드러워 보였지만 내면에는 강한 힘을 지니고 있었고 약자들을 살필 줄 아는 사람이었다. 어쩔 수 없이 살아가는 데에는 돈이 필요하다고 생각했지만 돈이 칼날이 되어 누군가를 찌를 수도 있다는 것을 알고 있는 사람이었다.

세월이 흐르면서 큰아버지는 형편이 조금 더 나아졌고 박재령의 부모님은 어느 순간 별거를 시작했다. 남편이 밖에서 호탕하게 구는 것을 박재령의 어머니는 용납하지 않았고, 조용히 로스앤젤레스를 떠나 혼자 한국으로 돌아갔다. 자식들을 두고 떠난 것이다. 남은 자식들은 제각각 살길을 찾아서 독일로, 카자흐스탄으로 흩어졌다.

박재령이 나에게 들려준 이야기였다.

처서

인생이 풀리지 않을 때

오늘날 사주 명리는 많은 사람들에게 미신으로 치부되고 있다. 학문으로 접근되지 않고, 돈벌이나 힘든 상황에 몰린 사람들에게 겁을 주는 수단으로 이용되면서 명리학은 조금씩 설 자리를 잃어가고 있다. 거기에는 술사들의 책임도 어느 정도 있다. 그러나 세상의 모든 곳에 명암이 있듯이 힘들어하는 사람들에게 명리학으로 도움을 주려는 이들도 있기 마련이다. 단순히 미신으로만 치부하기에 이 학문은 장구한 역사를 지니고 있다.

하늘의 이치를 알아가는 명리학이 언제부터인가 변질되어온 것은 부정할 수 없는 사실이다. 지금 시대가 어느 시대인데 구태의연한 사주를 보고 다니냐고 면박과 무시를 주는 사람들도 있고, 그게 부끄러워서 주변 사람들에게 말하지 못하고 숨기는 경우도 있다. 그 와중에 어떤 사람들은 유명하다는 역학자들을 찾아다닌다. 과연 그렇게 발

품을 팔며 돌아다닌다고 해서 자신이 원하는 것들을 쉽게 얻어낼 수 있을까.

오죽 마음이 힘들면 그렇게 술사들을 찾아다니며 의지하려는 것인지 이해되기도 한다. 사람은 살면서 수많은 갈등과 어려움을 겪는다.

명리에서는 좋은 운이 왔다고 해서 모두 좋은 것으로 해석하지 않으며 나쁜 운이 왔다고 해서 그것을 모두 나쁘다고 해석하지도 않는다. 좋고 나쁜 것이 겹쳐서 오기도 하며 그것이 한꺼번에 찾아왔다고 해서 인생이 끝났다고 말할 수만도 없다.

많은 사람들이 자신의 운명을 궁금해한다. 각자 자신의 위치에서 최선을 다해 살아가면서도 인생이 풀리지 않을 때면 팔자나 운명 탓을 한다. 과연 전생이라는 게 있어서 불행한 운명으로 살아가는 것인가. 아니면 복을 지어서 이번 생에 큰 행운을 받고 살아가는 것인가.

사주 공부를 해봐도 언제 무슨 일이 일어날지 정확히 구체적으로 말하기는 어려운 일이다. 과거에 뛰어난 역학자들은 자신의 죽음까지 예견했다고 하는데, 그런 내공을 얻는 것은 쉬운 일이 아니다.

무엇보다 명리는 음양오행의 조화를 중요하게 여긴다. 지구상에는 태양과 나무가 있고 물이 있으며 흙과 금이 있다. 모든 만물은 서로 영향을 미치면서 천천히 흘러간다.

사주에서는 원국 그 자체도 매우 중요하지만 대운이라는 것이 많은 영향을 미친다. 대개 10년 단위로 대운이 바뀌는데, 단순히 대운이 바뀐다고 해서 모든 것들이 바뀌는 것은 아니다. 어느 해엔 롤러코스터를 타듯이 올라갔다가도 추락하듯이 미끄러지기도 하지만 매년 그런 좌절이 찾아오는 것은 아니다. 보통 사주 명리에서는 대운이 좋지 않거나 사주 원국이 좋지 않을 때 외국으로 가는 게 낫다고 조심스럽게 권한다. 굳이 한 자리에 머물러서 고생하는 것보다 다른 환경으로 떠날 경우 그 상황이 달라질 수도 있기 때문이다.

명리에서는 선업이라는 말을 중요시한다. 과거에 조상대에서 복을 지어야만 후대에서 좋은 팔자로 태어나 좋은 업을 물려받는다고 한다. 간혹 한평생 무탈하게, 큰 고통 없이 살아가는 사람들을 향해 과거에 선업을 쌓았다고 얘기한다. 하지만 그런 경우는 극히 소수일 뿐이다. 대개 자신이 처한 상황 안에서 자신의 기질대로 살아가게 되어 있다. 어떤 경우는 가만히 있어도 운이 좋아서 주위에서 끊임없이 도움을 주겠다고 나서지만 어떤 경우는 사람들에게 베풀어도 아무것도 돌려받지 못하기도 한다.

고서를 읽다 보면 실전에서 경험한 다양한 사례를 찾아볼 수 있다. 이석영 선생은 『사주첩경』을 통해서 국제결혼을 해야만 하는 사주, 법관이 되는 사주, 고향을 떠나서 살게 되는 사주 등을 언급해놓았다. 무수히 많은 예들을 공부하다 보면 어느 순간 명리에 대해 조금씩 잡히는 게 있다.

명리는 하루아침에 완성되는 학문이 아니며 많은 인내와 자기 절제가 필요하다. 인생에서 여러 어려움이 있다는 걸 이해하고 그것을 안쓰럽게 여기는 넓은 마음가짐과 냉정한 자기 판단, 통찰력이 필요하다.

한 사람의 운명을 들여다보면 수많은 산과 펼쳐진 길과 흙과 물과 빛과 어둠이 있는 것을 발견하게 된다.

*

큰아버지는 사업 실패 후에 모든 걸 받아들이고 사주 명리를 공부한 듯했다. 함께 일했던 관리자를 너무 믿은 탓이었다. 관리자는 안 좋은 상황을 틈타 다른 지역으로 돈을 들고 잠적해버렸다. 술을 좋아하던 사람이었고 상대를 교묘하게 이용하는 타입이었다. 세상에는 믿어야 할 사람이 있고 믿어서는 안 되는 사람이 있었다.

큰아버지는 세상 사람들이 모두 자신처럼 투명하고 진실하게 산다고 믿고 싶었던 것이다. 사실 그는 사업에 어울리는 사람은 아니었다. 오히려 어떤 관직, 고위 공무원에 어울리는 타입이었다. 만약 한국에서 그런 직위를 누리고 살았더라면 한결 평탄하게 살았을 수도 있었다. 사람들에게 사기를 당하지 않고, 인생의 바닥을 보지 않고 살아갔을 수도 있었다.

그는 자신의 운명을 어느 정도는 받아들이는 듯했다. 다행히 곁에 있었던 큰어머니는 주변 상황에 쉽게 꺾이는 사람이 아니었다. 그녀 역시 로스앤젤레스 폭동을 겪은 이후에 많은 것들을 잃었지만 초심으로 돌아가 다시 시작했다.

사실 큰어머니는 인생에서 어려운 순간들이 찾아올 거라는 걸 예감했다고 한다. 성공을 예감한 것이 아니라 실패할 것을 예감했다고.

그러다 보니 막상 어려운 순간이 찾아와도 크게 좌절하지 않았다. 죽지 않았으니 됐다. 괜찮다. 그렇게 자신을 타일렀고 쉽게 상심하는 모습을 주위 사람들에게 보이지 않았다. 어려운 시기에도 큰아버지는 술을 마시거나 도박을 하거나 가족들을 괴롭히지 않았다. 스스로를 제어하려고 했다.

한국에 있을 때 부친으로부터 많은 영향을 받았어도 단 한 번도 역학을 공부하라고 권유받은 적은 없었다. 그래도 부친이 사망한 뒤, 큰아버지는 단 한 권의 책도 처분하지 않았다. 부친은 그동안 자신이 만났던 사람들의 사주 명식까지 그대로 남겨두었다. 감명지는 따로 적어서 손님들에게 전해주었지만 그들이 돌아간 다음에 내용을 정리해서 노트에 기록해두었다. 부친은 하루에 다섯 명 정도의 손님을 받았고 오후 시간에는 휴식을 취했다.

자식들은 좀처럼 부친의 방에 드나들지 않았고 손님들을 보면 자리를 피했다. 다른 형제들에 비해 큰아버지는 부친에 대한 다양한 기억을 갖고 있었다.

한번은 너무 가난해서 돈 없이 찾아온 손님이 있었는데, 부친을 보자마자 울음을 터뜨렸다. 현재 임신을 했다. 남자는 떠났다. 죽고 싶다. 그 여인을 보던 부친은 방으로 손님을 안내했고 차를 한잔 대접했다. 그리고 여인의 사주 명식을 풀어주었다.

아이를 키우는 것은 버거울 것이나 훗날 자네에게 도움이 될 걸세. 생각을 바꾸게나. 부친은 극단적인 생각을 하는 여인을 설득했고 결국 여인을 돌려보냈다. 정확히 3년 후에 그 여인은 다시 집으로 찾아왔다. 과거와는 다른 모습이었다. 곱게 화장을 한 상태였고 그 옆에는 아이가 서 있었다. 그들은 가난을 벗어났고 이전과는 다른 기운 속에서 살아가고 있었다.

사람을 살렸구나. 큰아들은 그런 생각을 하지 않을 수 없었다. 부친은 자신을 찾아왔던 사람들에 대해 단 한 번도 가볍게 언급하지 않왔다.

큰아들은 부친이 누구보다 자신을 믿고 있다는 것을 알고 있었다. 부친은 둘째아들을 염려했고 막내아들에 대해서는 입을 다물었다. 자식들의 운명을 어느 정도는 예견하고 있었던 걸까. 부친은 세월이 흐르면서 더 외로운 표정을 지었다.

간혹 느닷없이 찾아와서 사주팔자 좀 다시 봐달라고 떼를 쓰는 사람도 있었지만 대체로 부친 앞에서 공손했고 예의를 갖췄다. 자신의 운명을 봐주는 사람 앞에서 어찌 예의를 차리지 않을 수 있다는 말인가. 대부분 힘겨운 상황 속에서, 살길이 있는지 묻기 위해 찾아온 자들이었다.

자살 시도를 한 사람도 있었고 10년 이상 사법시험에 떨어지기를 반복한 사람도 있었고 남편의 폭력을 이기지 못해서 저주를 품고 살아가는 사람도 있었다. 한탄하거나 인내하거나 도망치는 사람들 곁에 부친은 머물렀고 그들을 달래주었다.

사람을 달래주는 것, 아픈 사람들을 달래주는 게 그의 일이었다.

사실 부친이 더 선호한 것은 사주 자체보다 갓 태어난 아이의 이름을 짓는 일이었다. 태어난 아이의 사주에 대해서 섣불리 언급하는 법이 없었다. 다만 아이에게 부족한 기운이 있다면, 그 기운을 보충하는 방식으로 이름을 신중히 선택했고 한평생 무탈하게 살아가기를 기원했다.

평탄하게 살아가지 못한다면 자신의 재주를 펼치며 살아가기를 소원했다. 사람은 누구나 자신만의 그릇이 있다. 모두 큰 그릇이 될 수는 없지만 작은 그릇이라도 쓰임새는 다양하다. 갓 태어난 아이는 무엇을 담을 것인가.

부친은 적어도 자신을 찾아온 사람들을 하대하지 않았다. 가끔 쪽지 한 장만 남긴 채 여러 달 산속에 들어가 있기도 했다. 그가 떠나 있는 동안, 손님들이 늘 대기 상태였고 언제 돌아오냐고 자주 물어왔다. 부친은 사람들 곁으로 돌아올 수밖에 없었다. 피할 수 없는 운명이었다.

그에겐 제자가 한 명 있었다. 10년 이상 곁에서 머물렀고 대소사를 함께했던 사람으로, 어릴 적 부모를 잃었고 가족이 없었다. 나중에도 제자로 받아달라고 여러 사람들이 찾아왔으나 부친은 모두 돌려보냈다. 사실 그 제자도 감명지를 옮겨 적거나 손님들의 예약을 받았을 뿐 직접적으로 지도받은 것은 없었다. 그는 옆에서 스스로 터득했다. 부지런했고 직관력이 뛰어난 사람이었다. 사람을 잠깐 보고도 무엇 때문에 왔는지 눈치채는 사람이었다.

부친은 한 번도 자식들의 사주에 대해 언급한 적이 없었다. 그 제자만큼은 아이들에게 지나가는 말로 뭔가를 얘기했다. 큰아들에게는 훗날 외국으로 가는구나, 그런 말을 했다. 둘째아들에게는 겸손해야 한다고 조언했으나 둘째는 아저씨나 잘하세요, 하고 받아쳤다고 했다. 막내에게는 한마디도 언급하지 않았다.

침묵했다는 것. 어쩌면 운명이 불길해서 아무 말도 하지 않은 걸 수도 있었다. 막내아들은 어릴 적부터 불안증을 앓았으며 밤만 되면 무섭다고 울음을 터뜨렸다. 심약했고 주위 사람들이 걱정할 정도였다.

부친과 함께 있는 동안, 제자는 스승의 뜻을 거스른 적이 없었다. 정보를 유출하거나 훗날 돈벌이를 위한 수단으로 명리를 사용하지 않았다. 만일 제자가 살아 있었다면 많은 사람들에게 도움을 줬을 수도 있었다. 하지만 부친이 돌아가신 후 일 년도 채 되지 않아서 제자 역시 심장마비로 세상을 떠났다. 가족이 없었기에 스승의 큰아들이 모든 걸 정리해주었다. 떠난 자들에 대한 예의를 갖추는 것. 그가 생각하는 인간의 도리였다.

조금 더 오래 살았다면 인생의 좋은 시절을 누렸을 수도 있었다. 큰아들은 부친의 제자였던 사람의 방에 들어가서 버릴 것과 간직할 것을 챙겼다. 그중에는 일기도 있었다. 큰아들은 애써 상대의 일기를 읽지 않았고 나중에 다른 것들과 함께 소각했다.

부친의 제자는 살아생전, 그에게 많은 것을 누리고 살라고 조심스럽게 조언했다. 그것은 하나의 당부였던 셈이었다.

우리 집안에 대해 나보다 훨씬 많이 알고 있던 박재령은 이 모든 이야기를 들려주었다. 뭔가 불편했지만 그 많은 이야기들을 큰아버지가 박재령에게 털어놓았다니 한편으로는 놀랍기도 했다.

박재령이 명리 공부를 시작한 데에는 다른 이유가 있었다. 워낙 어릴 적부터 자신의 부모가 사이가 좋지 않고 갈등이 심해서, 인간관계에 대한 의문이 들었고 삶에 대한 의구심을 가졌다고 했다. 어떤 인연으로 그들이 엮인 것인지, 어떤 연유로 그들이 자식들을 남기고 멀어진 것인지 알고 싶어 했다.

설령 삶의 비밀을 파헤칠 수는 없다 해도 자신이 어떤 사람인지 조금이라도 더 알고 싶었고 다른 사람들을 더 이해하고 싶었다. 그렇게 해서 공부를 시작했고 큰아버지에게 도움을 받을 수 있었다.

처음에는 단순히 이웃으로 만났고 어려울 때 도움을 주고받은 사이였지만 시간이 흐르면서 관계가 더 밀접해졌고 서로에게 의지처가 되었다. 큰아버지뿐만 아니라 큰어머니까지 왜 박재령에게 따뜻한 눈길을 보내는지, 그제야 나는 이해할 수 있었다. 그들은 전적으로 박재령을 신뢰하고 있었고 그에게서 어떤 희망 같은 것을 발견하고자 했다. 큰아버지 부부에게 아들이 없어서 그를 더 좋아한 걸 수도 있었다. 서로에게 부족한 부분을 충족해준 셈이니, 어찌 보면 좋은 인연이라고 볼 수 있었다. 실제로 박재령에게 대학에 가라고 권한 사람도 큰아버지였다. 만약 그분들을 만나지 않았더라면 더 힘겹고 외로운 시간을 보냈을 거라고 박재령은 나에게 털어놓았다.

자신에 대해 이야기를 한다는 건 조금 더 가까워졌다는 뜻일까. 나는 박재령에게 어떤 의미일까. 나는 그것만을 골똘히 생각했다.

*

그로부터 얼마 후에 명진애가 다시 가게를 찾아왔다. 이번엔 혼자가 아니었다.

그녀는 다른 남자와 팔짱을 끼고 있었다. 나는 조금 놀랐지만 애써 덤덤한 표정을 지었다. 그녀는 평소보다 더 과감한 차림이었다. 한눈에 봐도 성숙하고 농익은 여성의 느낌을 풍겼고, 한층 세련되고 활기가 넘쳐 보였다. 사람의 외적인 모습은 언제나 변하기 마련이지만 그녀는 어쩐지 속내까지 변한 것 같았다.

명진애는 천천히 다가오면서 남자의 허리를 손으로 감쌌다. 나는 어리둥절하여 그들을 쳐다보았다. 오랫동안 운동을 한 건지 남자의 어깨에 근육이 붙어 있었다. 아무래도 자신을 도울 만한 강한 남자를 택한 모양이었다. 하지만 그들은 어울려 보이지 않았다. 과거에 명진애가 박재령에게 구애하던 모습이 쉽게 잊히지 않았고 갑자기 가게에 나타난 그녀의 의도가 무엇인지 종잡을 수 없었다.

그 시간, 박재령은 카운터에서 손님들을 맞이하고 있었다. 그는 잠깐 명진애에게 시선을 던졌다가 이내 다른 곳으로 눈길을 돌렸다.

명진애는 샐러드를 들고 카운터 앞에서 계산한 다음 창가 쪽에 자리를 잡았다. 그들은 자리에 앉자마자 샐러드를 서로의 입속에 넣어주더니 나중엔 진한 입맞춤을 했다. 주위에 있던 손님들이 쳐다보아도 그들은 개의치 않고 서로의 몸을 더듬었다. 나는 일부러 고개를 다른 쪽으로 돌렸다. 명진애가 남자와 키스하면서도 나를 의식하는 것이 느껴졌지만 내가 그들을 밖으로 쫓아낼 수도 없었다. 다행히 그들은 샐러드를 비우자마자 밖으로 나가버렸다. 뭔가 폭풍이 지나가버린 느낌이었다. 이후 많은 손님들이 갑자기 가게로 들어왔으므로 다른 생각을 할 겨를이 없었다. 카운터 앞에 있던 박재령도 쉴 새 없이 계산 중이었다. 얼마 지나지 않아서 명진애가 조용히 가게 안으로 들어왔다.

이번엔 혼자였다.

그녀는 박재령에게 다가갔다. 그들의 표정만으로도 뭔가 심상치 않다는 걸 알아챌 수 있었다. 명진애는 카운터 앞에 있던 박재령의 손을 잡아끌고 밖으로 나가려고 했다. 그가 손을 뿌리치자 명진애는 개의치 않고 다시 그의 손을 잡아끌었다. 다른 직원들이 명진애를 말리기 위해 카운터 앞으로 다가갔지만 이미 일은 벌어졌다.

아, 씨발. 아무것도 아닌 주제에 잘난 척하고 있어.

명진애는 갑자기 소리쳤다.

네까짓 게 감히.

갑자기 명진애는 박재령의 뺨을 때렸다. 어찌나 세게 때렸는지 박재령이 중심을 잃고 휘청 넘어질 뻔했다. 이번엔 들고 있던 핸드백으로 그의 머리를 내리쳤고 박재령은 몸을 웅크린 채 두 손으로 자신의 머리를 감쌌다. 명진애는 그동안 자신이 받은 수모를 한 번에 갚아주겠다는 듯 독기 어린 눈빛으로 그를 째려보았다.

병신 같은 게 감히. 너 따위가.

그 말을 하고 명진애는 밖으로 나가버렸다. 박재령은 정신적인 충격을 받았는지 그 자리에 그대로 서 있었는데, 직원들이 다가가 괜찮냐고 물어도 별다른 대답이 없었다. 잠시 후 박재령도 조용히 밖으로 나가버렸다. 나는 그의 뒤를 따라갈 수 없었다. 아프냐고 괜찮냐고 물을 수조차 없었다.

과연 명진애는 질긴 여자였다.

가게에 다른 남자를 데리고 와서 키스한 것도 상대를 자극시키기 위해 일부러 꾸민 일이었으나 명진애는 아무것도 얻지 못했다. 그녀는 마치 혼자 북 치고 장구 치고 관객들을 모으고서 무대 밖으로 나가버린 배우와도 같았다.

어떤 인연으로, 아니 어떤 악연으로 저들이 만나 서로에게 상처를 주는 것인지 나는 알 수 없었다. 그러나 도무지 박재령의 모습을 외면할 수 없었다. 누구보다 마음이 아프고 참혹하다는 것을 이해하기에 가게로 돌아온 그의 모습을 나는 말없이 지켜보고만 있었다.

나는 박재령과 명진애를 보면서 그들의 관계가 참 지독하다고 생각했다. 언제나 박재령은 조용한 호수처럼 그 자리에 가만히 있는 사람이었고 명진애는 다가와서 그 호수에 유리 조각을 던지고 돌아가는 사람이었다.

꼬챙이로 찔러보고 달아난다는 느낌. 그녀는 그의 마음에 변화가 생겼는지 언제나 확인하려고 했고, 혹시 그가 조금이라도 무너졌는지 살피려고 했다. 사랑이라는 게 세상에 존재한다면, 상대가 자유로울 수 있도록 날개를 달아주는 것 아닌가. 명진애는 나와는 다른 생각을 가지고 있는 것 같았다.

자신의 본능을 제어하지 못했고 어느 순간 사람들 앞에서 사랑하는 사람을 망신 주는 걸로 만족을 찾으려 했다. 만약 상대를 난감하게 만드는 게 사랑이라면 그건 너무 추악하지 않은가.

그것은 곧 증오가 아닌가. 나는 명진애에게 한번 물어보고 싶었다. 명진애는 나에게 손찌검을 할 수도 있었다. 나는 그녀가 지닌 폭력성이, 마음속에 내재된 광폭함이 두렵지 않았다. 박재령이 당하는 걸 두고 볼 수는 없는 일이었다.

그는 뭔가 그녀에게 약점이라도 잡혔는지 단 한 번도 강하게 나간 적이 없었다. 아니 애초부터 여자에게 함부로 해서는 안 된다고 생각한 건지 견뎌내려고만 했다.

명진애가 횡포를 부리고 떠난 직후부터, 직원들 사이에서 박재령에 대한 뒷말이 나오기 시작했다. 뭔가 치부라도 있는 거 아니냐, 혹시 사람들 모르게 여자를 임신시키기라도 한 거 아니냐고 명진애를 두둔하는 사람도 있었다.

뭔가 약점 잡힌 게 있지 않고서야, 저렇게 당할 리는 없잖아.

사람들은 뒤에서 수군거렸고 나는 애써 모르는 척했다. 만약 그때 가게에 큰어머니가 있었더라면 무슨 말을 했을까. 큰어머니 성격에 가만히 있지는 않았을 것이다.

늦은 시간 큰어머니가 가게로 돌아왔을 때 누군가 명진애가 벌인 일을 큰어머니에게 알린 모양이었다. 큰어머니는 박재령을 불러서 대화를 나누었다. 박재령은 큰 충격을 받았는지 멍하니 의자에 앉아 있었다. 그는 살아가는 일에 지친 듯 슬픈 표정을 지었다. 그가 그렇게 힘들어하는 모습은 처음이었다.

나는 그에게 당신 잘못이 아니라고, 그 여자가 이상한 사람일 뿐이라고 말해주고 싶었다. 그 말이 위로가 될지 모르겠으나 어쨌든 당신 잘못은 아니라고 얘기해주고 싶었다.

그날 밤 퇴근하면서 나는 지하철역에서 박재령에게 다가갔고 그를 끌어안았다. 박재령은 거부하지 않은 채 그 자리에 그대로 서 있었다.

*

백영관이 쓴『사주정설』에는 용신 및 희신이 형충되거나 일주가 약하고 관살이 혼잡할 때 형벌을 받는 사주로 분류된다고 나와 있다. 괴강이 사주에 많거나 양인이 여러 개 있어도 흉한 운을 만나면 형벌을 받을 가능성이 있다고 씌어 있다. 그러나 굳이 사주팔자를 떠나, 한평생 평탄하게 살아가는 사람이 몇이나 된다는 말인가. 대개 오르막길이 있으면 내리막길이 있고 좋은 운이 왔다가도 나쁜 운이 찾아오거나 도랑으로 굴러떨어지는 경우를 볼 수 있다.

막상 비탈진 길에서 구른다 해도 그것을 기회 삼아 다시 비탈진 길을 올라가는 사람도 있기 마련이었다. 비록 나의 쌍둥이 오빠는 높은 곳에서 바닥으로 떨어져 인생이 끝나버렸지만, 나는 대부분의 사람들은 바닥에 떨어진다 해도 뭔가 인생에서 얻을 게 있다고 믿는 쪽이었다. 아픔이 있지만 실패를 경험 삼아 다시 제자리로 돌아가서 내공을 쌓으면 또 기회는 찾아오기 마련이라고 믿는 쪽이었다.

나는 돌아서서 걷는 박재령을 붙잡을 수밖에 없었다.

어디 들어가서 얘기 좀 해요.

그래. 술을 좀 마셨으면 좋겠는데.

술이요?

결국 나는 그를 따라 조용한 술집으로 들어갔다.

참 춥다.

추워요?

오늘따라 더 그런 것 같은데.

힘들었죠?

다 봤니?

멀리서요.

그랬구나. 너무 느닷없는 일이라.

혹시 말이에요.

그래.

가게 일을 그만둘 생각인가요?

눈치를 챘구나. 그동안 참 오래 했어.

언제부터 했어요?

몇 년 됐지.

그랬군요.

박재령은 술잔에 술을 따랐다.

너의 사주에는 식신이 많더구나.

식신이요.

그래서 말인데.

네.

예술 쪽 일을 해도 괜찮겠구나.

예술이요.

보통 식신이 많은 사람은 재주가 많지. 식신생재라는 말 들어봤니?
식신은 곧 재를 생하게 하고. 아, 아니다. 이런 말을 네 앞에서 하려는
게 아니었는데.

계속하세요.

공부를 하다 보니 나도 모르게 얘기가 나오는구나.

괜찮아요.

그동안 너도 참 힘들었지?

괜찮았어요.

그렇다면 다행이구나. 나는 어디로 가야 할지 모르겠어. 일을 그만
둬야 할 것 같아.

그만두면요?

공부에 집중해야겠지.

공부요.

거기에 마음을 두게 된다. 술을 마셔봐. 따뜻해.

따뜻해요?

위로해주니까.

언제부터 마셨어요?

조금 됐어.

네.

혹시 말이야. 나중에 학교에 가게 되면 그때 한번 놀러와.

멀리 가요?

보스턴 쪽으로 가려고 해.

보스턴이요.

아직 결정된 건 아니야.

문득 그의 손을 한번 잡아보고 싶었다. 동부 쪽 대학 아무 데서도 그를 받아주지 않아서 차라리 그가 지금처럼 여기에 안주하기를, 가끔 일을 마치고 나면 지금처럼 나와 마주 앉아 술이나 차를 한잔할 수 있기를 바랐다. 하지만 정말 그가 원한다면, 먼 곳으로 갈 수 있도록 길을 비켜줄 수밖에 없었다.

왜 명진애가 그토록 그를 원했는지, 그를 흔들고 싶어 했는지 비로소 나는 알 것 같았다. 그는 외모가 근사하거나 잘생긴 건 아니었지만 그의 모습에는 시선을 끌게 하는 어떤 힘이 있었다. 모성을 자극하는 듯하면서도 고요해 보였다.

혹시 사주 명리를 배우면서 느낀 게 있어요?

많지.

어떤 거요?

인생이 유한하다는 걸 배웠어. 그리고 내가 어떤 사람인지를 배웠어. 세상엔 참 아픈 사람들이 많더라.

명진애 언니를 얘기하는 거예요?

그 애를 보면 좀 무섭다.

무서워요?

예전엔 그렇지 않았는데, 뭐랄까. 그 애를 보면 강한 힘이 느껴져. 그래서 피하게 되는 건지도 모르겠어. 하지만 너를 보면 무섭거나 그러지는 않아. 그냥 오래전부터 알았던 사람 같아. 너에게 빚진 게 참 많다. 다 갚아야 할 텐데.

빚진 거 없어요.

너도 술을 같이 마시면 좋을 텐데.

술을 잘 못 해요.

살다 보면 주량이 좀 늘어날 거야. 추웠는데 따뜻해졌다.

더 드세요.

너에게 오빠가 있었다고?

네.

어떤 사람이었니?

쌍둥이였어요.

그랬구나.

자주 산에 다녔어요.

산에?

오빠는 평일에 학교에 다니면서 새벽까지 아르바이트를 했어요.

무슨 일을 했니?

치킨 집에서 일했어요.

그랬구나.

사주 명리에서는 쌍둥이도 각기 다른 삶을 산다고 하던데 그런가
요?

저마다 다른 삶을 살지.

사람의 명은 어찌할 수 없는 거죠?

그렇다고 들었어.

운명이 있는 거예요?

나도 잘 모르겠어.

왜요? 공부를 했다면서요?

좀 무섭다. 이 공부가.

다른 사람의 운명이 보여서요?

아무래도 조심스러워. 구업을 짓지 않으려고 해.

구업이요.

누군가에게 상처 주고 싶지도 않고. 섣불리 말을 꺼냈다가 죄를 지
을까 봐 그 부분도 두렵고.

그래서 처음 본 날, 나에게 시를 적어주었군요. 희망적인 시를.

희망적이었니?

좀 슬픈 시더군요.

그래. 슬프지.

인생 자체가 슬프다고 생각하세요?

아니, 인생에서 따뜻한 순간도 있으니까.

정말, 보스턴으로 갈 건가요?

학교 측에서 받아준다면.

여기에 남을 생각은 없어요?

예전부터 그 학교에 가고 싶었어.

좋은 곳이죠?

사람들이 그렇게 말하는구나.

형제들은 어떤 사람들이었어요?

나에게 친절하고 다정했지. 너의 오빠는 어땠니?

나는 그제야 박재령이 건넨 술을 한 모금 마셨다.

어느 때는 무심했고 어느 때는 사려 깊었어요. 어느 때는 냉정했지만 어느 때는 친절했어요. 사실 잘 모르겠어요. 같이 산 세월이 있는데 이제는 잘 기억나지 않아요.

그렇겠지. 아무래도.

오빠를 산에서 잃은 후에, 그 이후에 산에 가본 적이 없어요.

그랬구나.

사실 얼마 전에 명진애 언니가 나를 쫓아온 적이 있어요.

어디까지?

집 근처까지요.

그랬구나.

그래서 그날 연락해서 찾아간 거였어요.

힘들었겠구나.

조금요.

내가 보스턴으로 가게 되면 너에게 큰 피해가 없을 거야.

박재령은 그렇게 말했다.

여기 있어도 되는데.

합격하면 가장 먼저 연락하마.

그는 그 말을 한 후에 비틀거리며 자리에서 일어섰다.

며칠 후에 박재령은 가게 일을 그만두겠다고 했고 마지막 인사를 하기 위해 가게로 찾아왔다. 그날 사람들이 다 같이 모여서 송별회를 했다. 사람들은 하나같이 그가 떠나는 것을 아쉬워했고 다시 만나자며 미래를 기약했다. 가까이 있는 동안 나는 그에게 알 수 없는 위로를 받았고 타국에서의 외로움을 견딜 수 있었다.

그의 눈에 비친 내 모습은 어떠했을까. 단순한 호기심이었을까. 아니면 동정이었을까. 적어도 연민은 아니었다고 믿고 싶었다. 나는 늘 꿋꿋한 표정을 지으려 했고 외로운 티를 내지 않으려 했다. 그건 내가 할 수 있었던 안간힘이었던 셈인데, 박재령은 나를 얼마나 이해했을까.

그는 자신의 사주에 역마가 있다고 했다. 한 곳이 아닌 다른 곳으로 이동한다는 뜻인가. 나에게도 역마 기운이 있었다. 물론 환경이 바뀌면 마음가짐도 달라지고 인연도 달라지기 마련이었다. 어쩌면 과거를 잊고 다른 시간 속에서 지낼 수도 있었다. 그건 누가 설명해주지 않아도 내가 몸소 경험하고 느낀 것들이었다. 한국에서의 생활을 애써 잊으려고 노력하지 않아도 먼 이국땅에서 살아가다 보니 과거의 일이 잘 생각나지 않았다.

만약 그가 뉴욕을 떠나 보스턴으로 간다면 함께했던 시간을 잊을

124

수도 있었다. 나는 그게 두려웠다.

*

　명리학의 고서에 따르면 학업을 이어나가는 데에도 학업운, 즉 인성이 있어야 한다고 했다. 인성은 정인과 편인으로 나뉘는데, 공부에 집중할 수 있는 그 성분이 사주 원국에 없다면 대운에서라도 그 운이 들어와야 한다. 만약 한참 공부해야 하는 시기에 재성운이 들어온다면 학업에 집중하기 어려울 수도 있다. 재성은 돈을 벌고 싶어 하는 기운, 돈을 벌어들이는 기운으로 해석되기 때문이다. 재성은 곧 현실에서의 결과를 의미하므로 인성이 없이 재성만 있다면 과정 없이 빨리 결과를 보고 싶어 하는 성향이 강하게 나타난다. 그러나 무엇이 좋고 무엇이 나쁘다고 말하기는 어렵다. 각기 존재하는 십성의 성분들이 서로 연관을 맺으면서 빛을 발하기 때문이다.

　만약 사주 원국에 관살이 혼잡되어 있거나 재성이나 식상으로 인해 인성이 위협받을 경우 공부에 집중하지 못할 가능성이 커지게 된다. 고서에 따르면 제대로 명리를 공부한 사람일 경우, 그 사람의 사주 원국만 보고도 총명한 사람인지, 공부와 인연이 있는 사람인지를 판단할 수 있다고 했다. 만약 원국이 목화통명이나 금백수청으로 이루어져 있을 경우, 그 사람의 학업 능력이 다른 이들보다 월등히 뛰어나다는 것을 확인할 수 있다.

　약속한 대로 박재령은 대학 합격 소식을 나에게 가장 먼저 알려왔다. 그가 지원한 대학은 보스턴대학이었다. 그 대학에 가도록 권유한 사람은 그의 아버지였다. 소식을 들은 부친은 학비와 생활비를 지원해주겠다는 결정을 내렸다.

보스턴 공대라니. 수재였구나. 소식을 듣고 나서 몹시 쓸쓸해지고 허전해져서 가게에서 손님을 맞이하기 어려울 정도였다.

청소하는 내 모습이 구질구질하게 느껴져서 그를 따라 다른 곳으로 거처를 옮기고 싶었다. 적어도 동부에 있는 대학은 나를 받아주지 않겠지만, 나는 마음을 잡을 수 없었다. 이미 고등학교를 졸업한 지 한참 지나 있었고 조금씩 돈을 모으긴 했지만 워낙 생활비가 비싸다 보니 나가는 돈이 한두 푼이 아니었다. 그동안 내가 박재령을 과소평가했던 것도 사실이었다.

부모의 좋은 머리를 물려받았다면 그리되는 것은 당연한 일일 수도 있었다. 나는 더없이 쓸쓸해져서 거리를 걸었다. 어디선가 그가 나타나서 내 등을 두드리며 어디 가니, 차 한잔 마시지 않겠니? 하고 물어볼 것 같았다. 오래도록 그를 그리워하게 되리라는 슬픈 느낌에 사로잡혔다.

사랑이었을까.

그가 뉴욕을 떠나기 전날, 나는 무작정 그의 집 앞으로 찾아갔다.

그가 사는 아파트 방 불은 꺼져 있었다. 어디 간 걸까. 미리 연락하지 않고 무작정 찾아간 나에게도 책임은 있었다. 그냥 돌아간다 해도 그를 원망할 수는 없었다. 한두 시간 밖에서 서성거리다 결국 상심한 채 집으로 돌아갔다. 그런데 뜻밖에도 현관 앞에 박재령의 신발이 놓여 있었다.

거실에 들어섰을 때, 박재령은 큰아버지 부부와 함께 차를 마시고 있었다. 여기에 있었구나. 갑자기 어떤 울음이 가슴속에서 밀려오는 것 같아 나는 그들 곁으로 다가가지 못하고 이층으로 올라가서 몸을 숨겼다. 만약 그가 혼자 있었다면 피하지 않았을지 모른다. 그의 곁에는 큰아버지 부부가 있었다. 혹시라도 그분들에게 내 마음을 들킬까 두려워서 욕실로 숨어버렸다. 무슨 일인지 나는 땀을 흘리고 있었다.

처음에 한국을 떠나올 때, 나는 피신하기 위해 먼 곳으로 온 것일 뿐 이곳에서 다른 사람을 사랑하게 되리라는 생각은 하지 못했다. 내 감정을 감당할 수 없을 만큼 나는 약해져 있었다. 명진애가 박재령에게 마음을 표현하는 것을 처음 봤을 때, 나는 그를 낯선 타인처럼 바라보았지만 이제는 그럴 수 없었다. 그에게 다가가고 싶은 감정과 피하고 싶은 감정과 부정하고 싶은 감정들이 뒤엉켜 파도가 되어 부딪히면서 싸우고 있었다. 파도가 부서지면서 모래와 섞이고 잔물결을 남기며 나에게 다가오고 있었다.

내가 욕실 문을 열고 나갔을 때, 뜻밖에도 그 앞에 박재령이 서 있었다.

늦게 왔구나.

기다렸어요?

못 보고 가는 줄 알았어.

가려고요?

짐을 더 챙겨야 하는데.

내일 몇 시에 가요?

아침 먹고 바로.

가야겠군요.

그런데 어른들이 여기서 하룻밤 묵고 가라고 하셔서.

여기서요?

아래층에서 묵을 거야.

나는 잠시 박재령의 얼굴을 바라보았다.

저쪽이 너의 방이니?

네.

박재령이 돌아서서 계단을 내려가려는 순간 나는 그의 팔을 붙잡았다. 기다렸다는 듯 그에게 입맞춤했다. 어른들이 볼지도 몰랐지만 나는 용기를 내야만 했다. 어쩐지 서글픈 감정이 들었다.

하고 싶은 말, 없어요?

또 보자.

또 봐요?

사실은 말이야. 내 원래 이름은 박재령이 아니야.

그러면요?

박윤.

원래 이름이 아니에요?

너의 큰아버지가 이름을 지어주셨어.

재령.

그래. 재령으로.

뭔가 언덕을 넘어가는 느낌이 들어요.

황해도에 있다고 했지. 그분의 고향이기도 하고.

그래요.

너는 한 번도 재령이라는 이름을 부른 적이 없더구나.

어색해서요.

그래.

오빠라고 할까요.

좋을 대로.

다시, 보는 거죠?

그럼. 약속할게.

그는 잠시 나를 바라보더니 곧 계단을 내려갔다. 나는 그의 뒷모습을 한동안 바라보았다. 다시 만나게 된다는 그 말을 나는 믿고 싶었다.

우수

밤에 태어난 사람, 그 인연

명리학의 3대 고서 중 한 권으로 알려진 『적천수』에는 부부인연숙세례라는 말이 나온다. 부부의 인연은 전생으로부터 이어진 것이며, 그 인연은 쉽게 피해 갈 수 없다고 그 책에는 씌어 있다.

세상에 존재하는 다양한 사랑 중에서도 남녀 간의 사랑은 빼놓을 수가 없다. 남녀 간의 사랑을 제대로 경험한 사람은 세상을 바라보는 시선이 달라질 수밖에 없다.

어떤 사람은 단 한 번도 사랑을 경험하지 못했다고 말하고 어떤 이들은 살면서 많은 사랑을 경험했다고 말한다. 어떤 이들은 맹세를 하고 결혼을 하지만 얼마 지나지 않아서 그 약속을 깨버리기도 한다. 또 어떤 이들은 증오하면서도 헤어지지 않는다. 어찌 보면 지독한 인연이라고 할 수밖에 없는데, 대부분 인간관계에서 갈등을 겪는 사람들은 가까운 이들로 인해 어려움을 호소한다.

흔히 전생에 무슨 죄를 지었기에, 이번 생에서 이렇게 만나 미워하는 거냐고 푸념한다. 그런 사람들은 어디에나 있다. 제삼자의 입장에선 서로 증오하는 사람들이 이해되지 않을지도 모르지만 당사자가 되어보면 쉽게 결론지을 수 없는 것이다.

한평생 돈 걱정 없이 평탄하게 살면서 좋은 인연을 만나 서로에게 의지한다면 더없이 좋겠지만 모두 그런 삶을 살지는 않는다.

백영관의 저서 『사주정설』에 보면 남녀가 결혼하는 시기에 대해서 언급하고 있다. 저자는 반드시 언제 한다고 결정지을 수는 없지만 남녀 간의 사주를 보면 조혼을 할 것인지 만혼을 할 것인지, 대략적으로 어느 시기에 많이 하는지를 파악할 수 있다고 설명한다. 보통 남편을 표시하는 용신이 왕성한 대운이나 세운쯤에 결혼하게 되는 경우가 많다. 그다음은 관살에 해당하는 세운 또는 일지와 삼합, 육합이 되는 해에 식을 올리게 되는 경우가 있다. 그러나 정확히 정해진 것은 없어서 각각 본인의 사주를 먼저 감정하고 상대편 사주까지도 살펴야 한다. 그러다 보면 부부인연이 약한지, 서로 도움이 되는 관계인지 전체적으로 파악할 수 있는 것이다.

간혹 결혼 전에 남녀 간의 궁합을 보는데, 보통 각각의 일주와 시주를 보고 판단한다. 일주와 시주가 합이 되는지, 아니면 충이 되는지, 아니면 귀문관살이나 원진으로 얽이는지를 살펴보기도 한다. 세상에는 수많은 사람들이 존재하며 사주 원국도 제각각 달라서 상대의 사주가 나에게 도움이 되는지 아닌지를 단시간에 판단할 수는 없으나 사주 원국을 살펴보면 그 사람이 어떤 사람인지, 어떤 유전자를 가지고 태어난 사람인지를 조금은 분석해낼 수 있다. 하지만 그것이 모두 정확하다고 보기는 어려우며 그 원국을 분석해내는 술사들의 실력도 달라서 보다 많은 공부가 필요하다고 할 수 있다. 인간은 신이 아니어서 세상의 모든 이치를 알아낼 수는 없는 일이며 많은 공부를 깨우쳤다고 해서 인생 자체를 다 알아냈다고 말할 수도 없는 일이다.

세상에 인연이라는 게 존재한다면, 박재령과 나는 어떤 인연이었을까.

나는 끊임없이 생각했으나 알 길이 없었다. 다만 그가 떠난 후에 말로 표현할 수 없는 허전함을 느꼈다. 언제부터 그가 내 곁에 있었다고 그런 감정을 느끼는 건지 스스로도 이해할 수 없었다.

그가 머물러 있던 자리에 다른 직원이 들어왔고 가게에서 일하는 사람들은 더 이상 박재령이라는 이름을 언급하지 않았다. 떠난 사람은 새로운 장소에서 적응하며 살아가기 마련이라고 사람들은 생각하는 것 같았다. 봄이 찾아오고 사람들의 옷차림이 가벼워질 때쯤 나는 거리를 걸으며 한 남자를 찾으려 했다.

누군가를 그토록 그리워하고 오래 생각한 건 처음 있는 일이었다. 과거에 세상을 떠난 쌍둥이 오빠에 대해서는 그리움보다는 원망하는 마음이 더 컸다. 함께 살았던 세월 탓인지 좋은 감정보다는 미움과 못마땅한 감정이 뒤섞여 있었고 왠지 오빠에게서 버려졌다는 느낌이 강하게 들었다. 그가 스스로 목숨을 끊은 것은 아니었으나 어쩐지 쌍둥이 오빠를 생각하면 늘 마음이 불편했고 사람들이 알지 못하게 숨기고 싶었다. 하지만 박재령을 생각할 때면 마음이 너그러워지곤 했다.

함께 있는 동안 그는 나에게 상처를 준 적이 없었고 다정했고 따뜻했기에 내가 불편한 감정을 품을 이유가 없었다. 비록 처음에는 질투를 느꼈지만 가까이 지내면서 조금씩 이해하게 되었고 그 자체로, 한 사람으로서 대할 수 있었다. 어쩌면 함께한 시간이 길지 않았기에 내가 더 좋은 감정을 가진 걸 수도 있었다. 몇 년 동안 한집에서 살면서 부대끼고 말다툼을 하고 트집을 잡는 관계였다면 그를 애틋하게 여길 수 없었을 것이다.

시간 속에서 관계는 늘 달라지기 마련이었다. 게다가 나는 박재령이 난처한 상황에 처한 것을 여러 번 목격했고, 직접 도와주진 못했어도 그의 쓸쓸한 모습에 마음이 조금씩 기울 수밖에 없었다.

그는 보스턴에서 어떻게 지내고 있을까.

몇 번 안부를 주고받기는 했지만 전화로 얘기한다는 것에는 한계가 있었다. 공부하느라 바쁠 텐데 그의 일상을 방해하고 싶지 않았고, 그의 일과가 언제 끝나는지 알지 못했기에 섣불리 연락할 수 없었다.

어느 날 내가 느닷없이 보스턴으로 간다면, 그는 어떤 표정을 지을까. 잠들기 전, 늘 그런 생각을 했고 당장 찾아가자고 마음먹었다가도 다음 날이면 차마 그럴 수 없어 주저하기를 반복하고 있었다.

큰아버지 부부 역시 박재령을 그리워하는 눈치였지만 터놓고 얘기하지 않았다. 나는 좀처럼 떠난 사람을 잊을 수가 없었다.

*

그사이 궁금해지는 사람이 한 명 더 있었다. 바로 명진애였다.

박재령이 떠난 뒤 그녀는 단 한 번도 가게에 나타난 적이 없었다.

내 입장에서는 그녀가 나타나지 않으니 한결 마음이 편안했지만 어디선가 다른 사람들을 괴롭히면서 자기 멋대로 살아가고 있겠지, 그 성격이 어디 가지 않을 텐데, 그런 의심을 할 수밖에 없었다.

만약 명진애가 자신을 이해해줄 너그러운 남자를 만나 데이트를 즐기고 마음의 안정을 찾았다면 다행스러운 일이겠으나 어쩐지 사람의 성격은 쉽게 바뀌지 않을 것 같았다. 사람이 변한다는 건 거의 불가능한 일이다. 나는 그런 생각을 했다. 어딘가에서 명진애가 자신의 결핍을 드러내면서 다른 사람들을 괴롭히고 있을 것 같았다.

세월이 가면서 사람이 안정적으로 다듬어지는 게 아니라 더 안 좋은 쪽으로 변하는 경우도 있는지, 가게 직원들은 명진애가 처음부터 그랬던 건 아니었다고 입을 모아 말했다.

처음엔 싹싹하고 예의도 바른 편이었어. 그런데 언제부턴가 달라지더군. 누군가는 명진애를 떠올리면서 그렇게 말했지만 나로서는 예의 바른 그녀의 모습을 본 적이 없었기에 그 말을 믿을 수 없었다. 누구도 명진애를 그리워하거나 안타까워하지 않았다. 다시는 찾아오지 않았으면 좋겠다고 거듭 말하는 사람도 있었다.

명진애를 뽑은 사람은 큰어머니였고 처음부터 어떤 사람인지 어느 정도는 눈치를 챈 것 같았다. 그렇다고 사람들 앞에서 명진애를 망신 주지도 않았고 그저 구경꾼처럼 거리를 두며 그녀의 행동을 지켜보고 판단을 내렸다. 큰어머니는 사람에 대해 크게 실망하지 않았고 남들 앞에서 명진애를 험담하지도 않았다. 어떤 면에서 큰어머니는 굉장히 냉정했다. 타국 생활을 하다 보면 힘든 일이 많았고 사소한 일로 상처받기에는 눈앞에 당면한 문제들이 너무 많았다.

게다가 큰어머니는 자신의 딸로 인해서 골머리를 앓고 있었다. 어릴 적부터 어른스럽고 책임감 강했던 딸이, 대학에 간 이후부터 부모와 거리를 둔 채 놀러 다니는 일에만 신경 쓰고 있었다. 워낙 고교 시절부터 공부를 많이 해온 터라 대학 간 이후에는 충분히 자신만의 시간을 즐길 수도 있었다. 하지만 부모가 보기에는 좀 지나친 면이 있었다. 평소에는 수수하게 안경을 쓰고 다녔지만 친구들을 만날 때면 의상이나 화장이 과감해졌다. 시간이 갈수록 변해가는 것 같았고 늘 다른 곳을 보는 것 같았다.

큰어머니는 딸의 이성관계에 신경을 쓰지 않을 수 없었다. 외모가 아주 뛰어난 편도 아니었는데, 많은 남자들이 딸 주위에 모여들었고 느닷없이 늦은 밤에 찾아와 불러내는 경우도 있었다.

나도 창문을 통해 그들을 본 적이 있었다. 그것은 사촌언니의 사생활이라 여겼기에 크게 염두에 두지 않았다. 하지만 큰어머니는 적잖이 고민하는 눈치였다.

어느 날은 한국 남자가 차를 몰고 집 앞으로 찾아왔고 어느 날은 영국 남자가 찾아왔다. 한눈에 봐도 경제력이 있어 보였다. 컬럼비아대학에서 만난 사람들이라면 머리는 좋을 테고, 유복한 부모를 만나 걱정 없이 살아가는 사람들일 수도 있었다.

큰어머니의 우려와 다르게 큰아버지는 딸에 대해서 간섭하거나 잔소리를 한 적이 없었다. 딸이 늦게 들어올 때도 미소를 지으며 피곤한데 어서 들어가라고 했을 뿐 뭔가를 강요하지 않았다. 큰어머니는 남편의 그런 성향이 못마땅했겠지만 그렇다고 그들 부부가 큰 소리로 싸우거나 서로를 비방한 적은 없었다.

사촌언니는 부족함 없이 자란 듯 화사하고 밝아 보였으므로 그 곁에 머무는 사람들도 다 비슷한 사람일 것만 같았다. 어느 날 좋은 차를 탄 남자가 집 앞에 내려주고 돌아가는 모습을 봤을 때, 결국 유복한 집안의 아들을 만나 결혼까지 하게 되리라고 나는 생각했다.

사촌언니의 사주에는 도화가 있었다. 보통 일주를 중심으로 도화가 있는 경우 이성들에게는 꽃같이 비칠 경우가 많다고 했다. 지지에 자오묘유가 있을 경우, 도화가 작용한다고 들은 바가 있었다. 당나라 시대 유명했던 양귀비의 사주에도 도화가 강하게 자리 잡고 있었다.

사주의 일지나 시지에 도화가 있으면 용모가 아름다우나 지나치게 많으면 방탕해지거나 패가망신하는 경우가 있다고 고서에 나와 있다. 사촌언니는 그 도화의 기운을 적절하게 사용하는 것 같았다. 분명 남자들이 따르고 찾아오는 데에는 어떤 이유가 있는 듯했다. 사촌언니는 먼저 끼를 부린다거나 노골적으로 유혹하는 타입이 아니었다. 나는 한 번도 사촌언니를 염려해본 적이 없었다.

적어도 어려울 때 도와줄 부모가 곁에 있었고 그녀도 스스로를 적절히 제어하는 것 같았다.

그러던 어느 날 대학 졸업 전인데도 사촌언니가 결혼을 하겠다고 가족들에게 통보했다. 그전에 사귄 남자친구들도 있었지만 이번엔 무슨 결심이 생겼는지 조만간 자리를 마련하겠다고 했다. 그날 그녀는 큰어머니와 거실에서 말다툼을 벌였다. 아직 서른도 안 되었는데 무슨 결혼이냐고 큰어머니가 말했고 이른 나이에 결혼할 수도 있는 거 아니냐고 사촌언니가 쏘아붙였다. 결혼은 환상이 아니라는 큰어머니의 말에 사촌언니는 대답이 없었다.

못 들은 걸로 할게.

아니요.

그럼, 학업을 중단하고 남자와 살겠다는 거야?

병행할게요. 한번 만나보세요.

안 봐도 뻔해.

사람에게 편견을 갖지 마세요.

내가 한두 번 사람들을 상대했니?

모두 그렇지는 않아요.

사촌언니는 큰어머니와 계속 대화를 했다. 큰아버지는 몹시 지쳤다는 듯 방으로 들어갔다.

그로부터 사흘 후에 사촌언니는 결혼할 남자를 집으로 데리고 왔다. 검은색 정장 차림의 남자는 키가 훤칠했고 제법 체격이 있었다. 젊은 나이인데도 이마가 넓었고 머리에는 기름을 발랐는지 윤기가 흘렀다. 한눈에 봐도 교포 출신이라는 걸 알 수 있었다. 어딘가 모르게 여유가 있어 보였고 어른들이 자신을 받아주리라 거의 확신하고 있었다.

오히려 긴장한 사람들은 남자가 아니라 큰아버지 부부였다. 집안에 외동딸만 있다 보니 뭔가 아쉽고 허전하고 복잡한 마음이 들었겠지만 단순히 서운하다고 하기에는 뭔가 분위기가 심상치 않았다. 나는 큰아버지 부부를 보면서 저 남자를 마음에 들어 하지 않는다는 걸 눈치챘다.

평소 같으면 너그러운 눈빛으로 젊은 사람을 대했겠지만 적어도 박재령을 대할 때와는 확연히 차이가 났고 상대 남자는 겸손해 보이지도 않았다. 웃고 있었지만 눈빛만큼은 속일 수 없었다.

큰아버지 부부는 뭔가를 깊이 생각하는 눈치였다. 그분들은 겉으로는 예의를 갖추어 식사했으나 남자에게 질문할 것은 없다는 듯 조용히 미소만 지었다.

남자는 눈치가 빠른지 그리 오래 앉아 있지 않았다. 그가 날짜는 언제쯤이 괜찮을까요, 하고 성급하게 질문하자 한동안 분위기가 썰렁해졌다. 자신을 반기지 않는다는 걸 눈치챈 남자는 약간 불편한 기색을 드러냈지만 끝까지 평정심을 잃지 않았다. 사촌언니는 남자가 가는 것을 보고 돌아오겠다며 밖으로 나갔지만 그들이 떠난 뒤에도 집안은 적막으로 가득 차 있었다. 어떤 직감이었을까. 나는 사촌언니가 조만간 저 남자와 결혼하게 될 것 같다는 느낌에 사로잡혔다.

혹시 임신이라도 한 걸까. 그래서 서두르는 거라면. 하지만 임신은 아닌 것 같았다. 적어도 남녀 사이에는 제삼자가 알지 못하는 게 있기 마련이라고 나는 생각해왔으므로 집으로 돌아온 사촌언니에게 이것저것 캐묻지는 않았다. 그런데 갑자기 그녀가 나에게 물었다.

네가 봐도 아닌 것 같니?

나는 사촌언니를 물끄러미 바라보았다. 어쩌면 내가 남자를 잘못 본 걸 수도 있었다. 첫 느낌이 그리 좋지 않더라도 막상 겪어보면 좋은 면을 발견할지 몰랐다. 한 번 더 그 남자를 마주한다면, 대화를 나눠본다면 어떤 사람인지 조금은 알 것 같았다.

나는 막연히 한 번 더 그를 마주칠 수 있기를 소망했다. 그리고 얼마 후 다시 그를 보았다.

집이 아니라 지하철 근처였다. 남자와 사촌언니는 길가에 서서 대화를 나누고 있었는데, 말다툼을 하는지 잔뜩 인상을 쓰고 있었다. 나는 건너편에서 그들을 바라보고만 있었다.

뒤에 있던 다른 자동차가 경적을 울릴 때 남자가 찡그린 채 먼 곳을 쳐다보았다. 다른 남자들을 대할 때와 달리 그녀는 어딘지 모르게 당당하지 못했고 주눅 들어 있었다. 남자의 오해를 풀어주려는 건지 그들은 한동안 그렇게 서서 대화를 나누었고 남자는 사촌언니를 길가에 버려두고 자동차에 올라탔다. 그리고 바로 시동을 걸고 다른 곳으로 출발했다.

그날 나는 그녀를 따라 천천히 걷기만 했다. 언젠가 내가 몹시 어려움을 겪었던 날, 그러니까 명진애가 느닷없이 쫓아왔던 날, 사촌언니에게 도와달라는 신호를 보냈을 때 그녀는 아무것도 묻지 않았고 따뜻한 눈길로 나를 대해주었다. 지금 조용히 걷고 있는 그녀를 방해해서는 안 될 것 같았다.

되도록 빨리 하는 게 좋겠어요.

그날 집으로 돌아온 사촌언니는 부모님에게 말씀을 드렸고 큰아버지 부부는 긍정도 부정도 하지 않은 채 다른 곳을 쳐다보았다. 잠시 후 큰아버지가 남자의 생년월일을 물어봤고 기다렸다는 듯 사촌언니는 종이에 뭔가를 적었다.

밤에 태어났어요. 해시에요.

그래. 나중에 얘기하자.

큰아버지는 종이쪽지를 주머니 속에 넣더니 자리에서 일어섰다. 사주 명식을 열어봐도 사위 될 사람이 마음에 썩 들지는 않을 것 같았다.

사촌언니와 결혼하게 될 남자는 사업체를 운영하는 사람의 외아들이라고 했다. 큰아버지 역시 중소기업을 운영하고 있지만 상대 쪽은 더 막강한 회사를 운영하고 있었다. 한평생 돈으로부터 자유로웠기 때문일까. 남자는 아랫사람을 많이 상대했는지 다소 거만한 태도를 지니고 있었다.

사촌언니는 그의 어디가 마음에 들었을까. 돈을 보고 택한 것 같지는 않았다. 어떤 이끌림으로 인해 부모가 반대하는 결혼을 하려는 걸까.

이해할 수 없었지만 그것조차 그녀의 운명이라는 생각이 들었다. 결국 결혼 날짜를 잡게 되었는데, 큰아버지는 그 남자의 사주팔자에 대해서는 일절 언급하지 않았다. 부부 궁합에 대해서도 전혀 말하지 않았다. 큰어머니는 좋으면 좋다, 나쁘면 나쁘다고 얘기해달라고 말했지만 큰아버지는 어떤 언급도 없었다.

정확히 한 달 후에 그들은 결혼식을 올렸다. 남자의 부모님과 지인들, 큰아버지 쪽 사람들까지 합쳐서 백 명 정도 되는 사람들이 축하하기 위해 모였다. 큰아버지는 근심스러운 표정이었고 큰어머니도 다르지 않았다. 남자 쪽 부모님은 얼굴에 화색이 돌았고 큰일을 치렀다는 듯 홀가분한 표정이었다.

결혼식을 올린 신혼부부는 멕시코의 휴양지로 신혼여행을 떠날 예정이었다. 이미 신혼집 아파트는 신랑 쪽 아버지가 마련해둔 상태였다.

식을 마치고 집으로 돌아왔을 때, 큰아버지 부부는 몹시 피곤하고 지쳐 보였다. 이층 방으로 올라가려 할 때, 나는 창밖으로 누군가 집 앞에서 기웃거리고 있는 것을 발견했다. 처음엔 수상한 사람인 줄 알았더니 가만 보니 이따금 사촌언니를 집에 데려다주던 남자였다.

아직 정리가 안 된 관계인가. 어떤 미련이 남아서 찾아왔을까. 시간이 한참 지난 후에도 그 남자는 쉽게 돌아가지 않았다.

그 순간 나는 몇 달 전, 박재령을 만나기 위해 그의 집 앞에 서 있었던 그 시간을 떠올렸다. 저 사람도 나와 크게 다르지 않았다. 뭔가 상대에게 할 말이 있었고 간절함이 남아 있는 듯했다. 나는 외투를 걸쳐 입고 조심스럽게 밖으로 나갔다. 남자는 담배를 피우고 있었는데, 약간 쓸쓸한 표정으로 다른 쪽을 보고 있었다. 그에게 다가가는 게 실례일지도 모른다는 걸 알면서도 나는 쉽게 집으로 들어갈 수 없었다. 그때 그가 뭔가 눈치를 챘는지 자신의 자동차에 올라탔다. 그리고 바로 다른 곳으로 이동했다.

그날 결혼식장에서 사촌언니가 얼마나 아름다웠는지, 부부의 표정이 얼마나 화사했는지는 기억나지 않았고 늦은 오후에 집 앞에서 머물던 낯선 남자의 모습만 떠올랐다. 나는 그 얘기를 사촌언니에게 끝내 하지 않았다. 형부 될 사람보다 그날 집 앞에서 기웃거리던 그 남자가 더 나아 보였는데, 무엇이 그녀로 하여금 결혼을 감행하게 했는지 구체적으로 알 수 없었다. 다만 사촌언니 부부는 서로 아주 다른 사람들인 것 같았다. 남녀가 서로 세계관까지 비슷하지는 못해도 어느 정도는 서로를 품을 수 있거나 이해할 수 있거나 물들 수 있어야 하는데, 그들은 어쩐지 섞이지 않는 물과 기름 같았다. 어쨌든 친정 부모의 우려 속에서 결혼을 했으니 사촌언니가 무탈하게 살기를 나는 막연히 기대했다.

하지만 한 달 만에 집으로 찾아온 그녀의 낯빛은 어두웠다.

우리 집에 한번 가보지 않을래?

느닷없이 그녀가 말했다.

그 사람은 출장 갔어. 괜찮아.

그로 인해 나는 신혼집 아파트로 가볼 수밖에 없었다. 집 근처에는 링컨 센터가 있었고 각종 연주회와 콘서트, 오페라 등을 감상할 수 있었다. 내가 머무는 플러싱이라는 동네와는 분위기 자체가 달랐다. 나는 그 집에 들어섰을 때, 놀라지 않을 수 없었다. 분명 혼수용품을 준비해 간 걸로 알고 있는데, 집 안에 가전제품도 별로 없었고 분위기가 썰렁했다. 혼자 사는 사람의 집 같았다. 형부는 언제 돌아오느냐고 내가 물었고 보름쯤 후에 돌아온다고 그녀가 대답했다.

그는 아버지 사업장에서 일하고 있었고 무역 쪽 일이었기에 자주 외국 출장을 다녔다. 한번은 로마에서 한번은 부에노스아이레스에서 아내에게 연락했다. 뭔가 꺼림칙했지만 나는 그 모습을 지켜볼 수밖에 없었다.

출장에서 돌아온 이후에 남자는 사촌언니를 따라 가끔 처가를 방문했는데, 그때마다 표정이 좋지 않았다. 억지로 끌려왔다는 듯 뭔가 불편한 심기를 감추지 않았다. 그는 나를 처제라고 부르지 않았고 나역시 그에게 형부라고 부르지 않았다.

느닷없이 미국으로 왔다면서요?

어느 날 남자가 나에게 물었다.

언니가 그렇게 말하던가요?

아니, 그냥 느낌이 그런 것 같아서요.

나는 아무 대답도 하지 않았다.

여기 생활이 어때요?

그냥 뭐.

한국에 비하면 거의 천국 아니에요?

천국이요?

물론 사람마다 다르겠군요. 여기서 지내는 거 불편하지 않아요?

괜찮아요.

그래도 친척 집인데, 쉽지 않잖아요.

지낼 만해요.

근데 쌍둥이 오빠가 있다면서요? 한국에서 뭘 해요?

그냥.

느닷없이 미국으로 오는 거 아니에요?

아니요.

사람 일은 모르잖아요. 질투하고 있을 텐데.

모두 그렇지는 않아요.

하긴 뭐, 여기도 멀리서 볼 때만 좋아 보이는 법이죠. 근데 애인은
있어요?

나는 아무 대답도 하지 않았다.

남자 좀 소개시켜주려고요.

괜찮아요.

근데 듣자 하니, 장인어른은 언제부터 사주를 본 거예요?

모르겠어요.

정말 몰라요?

네.

혹시 사람들한테 돈도 받고 그러신 건 아니죠? 어디서 철학관 차린 거 아니에요?

아니에요.

혹시, 그걸 공부해요?

그거요?

그 사주 명리라는 거.

아니요.

어려워요?

그렇죠.

그냥 대충 둘러대는 거 아니에요? 손님들 눈치 보면서.

모르겠어요.

언제 기회 되면 장인어른한테 내 사주 좀 봐달라고 부탁해야겠네.

나는 입을 다물었다.

근데 왜 언니는 나한테 그런 얘기를 안 했대요?

무슨?

장인어른이 사주팔자를 보는 분이라는 거.

굳이 말할 필요가 없었나 봐요.

어쩐지 뭔가 꺼림칙했어요. 처음 왔을 때 집 분위기가 뭔가 특이했어요. 근데 언제까지 여기서 지낼 생각이에요?

모르겠어요.

그는 나에게 궁금한 게 많은 것 같았다. 그렇다고 굳이 그걸 다 대답해야 할 필요는 없었다. 침묵을 견디지 못했는지 그는 휴대폰을 들여다보면서도 혼잣말을 했다. 아직 가족들이 집에 오기 전이었으므로 나는 그와 어색하게 거실에 앉아 있었다. 어쩐지 그냥 방으로 들어가버리면 안 될 것 같았다. 나중에 그가 내 험담을 하게 될 것 같아서 나는 과일을 잘라 그에게 내밀었다. 하지만 그는 자리에서 일어서더니 커피를 마시고 싶다고 했다.

장인어른 참 대단하십니다.

가족들이 돌아왔을 때 그는 식탁 앞에서 이런 말을 꺼냈다.

뭐가 말인가?

한국에 있는 조카까지 거두시고 말입니다.

내가 있는데도 그는 거리낌 없이 얘기했다.

사실 아무나 못 하는 일 아닙니까?

큰아버지는 별일 아니라는 듯 무심한 표정을 지었다.

근데 장인어른, 저희 할아버지도 이북 출신입니다.

어디?

함경북도 청진입니다. 추운 곳이죠. 장인어른은 재령 출신이라고 들었습니다.

그렇지.

빨리 통일이 되어서 재령에 가보셔야 하는데 말입니다. 참 아름다운 곳이지요?

오래되어서 기억이 안 나네.

큰아버지는 다소 어색한 표정을 지으며 식사를 하려고 했다. 그 누구도 직접 대놓고 재령에 대한 얘기를 꺼낸 적이 없었다. 적어도 내가 알기로는 그랬다. 하지만 그는 거침이 없었다.

제가 아무래도 이 사람에게 끌렸던 게 그래서였던 것 같습니다.

그래서라니?

서로의 뿌리를 알아본 것이지요.

그런가?

그렇지 않겠습니까?

어서, 식사 좀 하지.

갑자기 큰어머니가 끼어들었지만 그는 아직 할 말이 많다는 듯 식탁에 놓인 반찬을 바라만 보았다.

장모님, 언제 가게에 한번 찾아가 봬도 되겠습니까?

언제든 환영이지.

아무래도 사위가 어려운지 큰어머니는 다소 경직된 자세로 의자에 앉아 있었다.

그나저나 가끔 여기에 드나들던 그 청년도 이름이 재령이라고 했지요?

그렇지.

그 청년은 정체가 뭡니까?

그냥 열심히 사는 사람이야.

처음엔 말입니다. 제 아내와 가까운 사이인 줄 알았습니다. 저는 그렇게 오해했지요.

사촌언니가 어이가 없는지 자리에서 일어서려고 했다.

장인어른 언제 괜찮으시면 제 사주팔자 좀 봐주시겠습니까?

그건 왜?

큰아버지가 어색하게 물었다.

재물운이 무척 궁금해서 말입니다.

그런가?

물론 오래전에 한번 사주를 본 적이 있습니다. 워낙 유명하다고 해서 찾아갔었죠. 그런데 말이죠. 저에게 외국 여자와 결혼하게 될 거라고 하더군요. 그런데 아니지 않습니까? 저에게 그러더군요. 재물 복이 많다고. 그래서 얼마나 더 벌 수 있을지 그게 늘 궁금했습니다. 인생에서 가장 중요한 게 돈인데 말씀 좀 해주시겠습니까?

그런 건 모르네.

앞날을 맞추는 게 그쪽 업계에서 하시는 일, 아닙니까?

모른다네.

가족들은 아무 말이 없었다.

제 생년월일은 알고 계시지요? 결혼 전에 궁합이나 뭐, 그런 거 보신 거 아닙니까?

그런 일은 없었네.

정말 안 보셨습니까?

남자는 장인어른이 아니라 마치 자신의 회사에서 일하는 직원 다루듯 다소 거칠게 말을 이었다. 큰아버지는 대꾸할 기운도 없다는 듯 수저를 내려놓았다.

많이 궁금해서 그러지요.

마침내 분위기를 눈치챈 남자는 상황을 수습하듯 그렇게 대꾸했다. 좀처럼 분위기는 전환되지 않았다.

제가 이상한 얘기를 했다는 생각은 하지 마십시오.

아니네.

궁금해져서 그런 질문을 드렸습니다.

남자는 밖으로 나가면서 큰아버지 부부에게 말했다.

그 이후 형부라는 자가 좀처럼 찾아오지 않기를 바랐건만 그는 시간이 날 때마다 집에 드나들었다. 어느 날은 외국 출장길에서 사왔다며 선물을 가져왔지만 큰아버지 부부는 그 선물을 열어보지도 않았다.

그즈음 사촌언니는 자주 친정에 드나들었는데, 이따금 나에게 함께 드라이브를 하자고 제안했다. 한두 번 그녀의 차를 타고 시내에 나갔다. 코니아일랜드라는 바닷가까지 간 적도 있었다. 결혼 후 그녀는 검은색 세단을 구입했고 그 자동차를 몹시 좋아했다. 그녀는 종종 습관처럼 과속하곤 했는데, 도로를 질주하면 온갖 스트레스가 다 풀린다고 했다.

나는 자동차의 빠른 속도에 적응하지 못해서 머리가 어지러울 정도였다. 차 안에서 음악을 크게 틀어놓고 질주하는 것에 어쩐지 나는 불길한 느낌을 받았다.

그로부터 얼마 후 사촌언니는 늦은 밤에 짐을 싸들고 친정집으로 들어왔다.

아무래도 헤어지는 게 좋겠어요.

큰아버지는 어느 정도 예상했다는 듯 소파에 앉아 있었다.

다른 건 다 견디겠지만, 친정 부모님을 깎아내리는 건 좀 힘들어요.

깎아내린다고?

그 사람은 처음부터, 아버지가 사주 명리를 공부한 걸 아주 못마땅하게 여겼어요.

이유가?

요즘 시대가 어느 시댄데, 그런 걸 하냐고. 점쟁이라고 생각하는 것 같아요.

그저 학문일 뿐인데.

그런 걸 하는 사람들은 사기꾼이라고 생각하는 것 같아요.

할아버지에 대해서는 얘기했니?

말할 수 없었어요.

역학자였다는 얘기를?

비난받을 게 분명하니까요.

고생이 많았겠구나.

알고 계셨죠. 그 사람의 성격까지도.

큰아버지는 별말이 없었다.

제가 돌아오리라는 것도 다 알고 계셨죠? 더 버티기는 어려울 것 같아요.

네 생각이 그렇다면.

인생을 낭비한다는 생각이 들어요.

그는 여전히 말이 없었다.

제가 생각이 짧았어요. 빨리 해도 잘 살 줄 알았어요.

그래.

근데 아무래도 어려울 것 같아요.

알겠다.

결국 사촌언니는 결혼한 지 4개월도 채 되지 않아 이혼했다. 봄에 결혼하고 여름에 헤어진 셈이었다. 사촌언니가 먼저 이혼을 요구했을 때 남자는 기도 차지 않는다는 듯 거절했으나 얼마 지나지 않아 생각이 바뀐 건지 그 요구를 순순히 받아들였다. 그리고 어느 날, 할 말이 있다며 언니가 있는 집에 찾아왔다.

아무래도 좀 억울해서 왔습니다.

앉게나.

제가 뭐 잘못한 거라도 있습니까?

큰아버지 부부는 아무 말도 하지 않았다.

제가 느낀 그대로를 이 사람에게 얘기했을 뿐인데요. 제가 이상한 사람입니까? 지나가는 사람들한테 한번 물어보십시오.

남자는 깍듯하게 얘기했지만 어쩐지 그의 얼굴은 분노로 일그러져 있었다. 나는 혹시라도 그가 폭력을 쓸까 봐 두려웠다.

앉게나.

저는 아주 상식적으로 살려고 하는 사람입니다.

앉지.

요즘 세상이 어떤 세상입니까? 자신의 의견을 피력하지도 못한다는 말입니까? 네. 제가 아버님 흉을 좀 봤습니다. 이 사람은 그걸 비난이라고 받아들이더군요.

그만해요.

그제야 사촌언니가 입을 열었지만 남자는 순순히 물러서지 않았다.

어느 순간 이 사람이 좀 한심해 보였습니다. 많이 배웠다는 사람이 그깟 거나 믿고 있고.

그만 돌아가요.

150

집안에도 저마다 수준이라는 게 있는 거 아닙니까? 고작 이 정도 수준이라는 데에 저는 몹시 실망했습니다. 그렇게 인생에 대해 잘 아시는 분이 고작 이딴 집에서 살고 계신 겁니까?

말이 좀 지나치네.

큰어머니가 다급하게 남자의 말을 가로막았다.

이혼하지요. 해드리지요. 가진 것도 별로 없는 사람들이 고고한 척이나 하고.

그 말을 한 뒤에 남자는 밖으로 나가버렸다. 남자는 분이 풀리지 않는지 집 앞에서 긴 시간 담배를 피웠다. 나는 창밖을 통해 그런 남자의 모습을 지켜보았다. 그가 다시 집으로 들어올까 봐 두려웠으나 그는 자신의 자동차를 타고 급하게 가버렸다. 그게 마지막이었다. 아니 몇 번이나 사촌언니에게 전화를 해서 괴롭히기는 했지만 그들의 인연은 그렇게 끝이 났다. 이후 사촌언니는 위자료 같은 건 받지 못했고 신혼집은 고스란히 남자 쪽에게 돌아갔다. 사촌언니는 혼수용품으로 가져갔던 물건은 쳐다보고 싶지도 않다는 듯 바로 중고시장에 팔아버렸다.

결국 조롱을 견디지 못한 것이다. 나는 그렇게 생각하지 않을 수 없었다. 자신의 아버지에 대한 조롱. 친정에 대한 조롱. 할아버지까지 역학자였으니 그 뿌리에 대한 조롱을 견디기 어려웠을 것이다.

만약 나였어도 비슷한 결정을 내렸을 것이다. 비난 속에서 산다는 건 쉬운 일이 아니었다. 그건 시간 낭비였다.

그러나 할아버지가 겪은 고초에 비하면 큰아버지가 겪은 일은 아무것도 아니었다. 할아버지에게는 느닷없이 사람들이 찾아와 협박하

거나 돈을 빌려달라고 요구하는 일이 잦았던 모양이었다. 큰아버지
는 그 상황을 보면서 무슨 생각을 했을까. 물론 명리가 어려움에 처한
누군가에게 도움이 될 수도 있지만 그것을 다르게 받아들이는 사람
들도 있었다. 사회적 편견이 어떠한지, 역학이 얼마나 음지의 학문인
지 나는 알고 있었다.

한동안 사촌언니는 우울한 감정에서 헤어나지 못했다. 늘 방에만
처박혀 있었고 먹고 자는 일을 반복하다 보니 전보다 부쩍 살이 쪘다.
현재의 상황을 벗어나야 한다고 생각했는지 큰어머니는 서부 쪽으
로 여행을 다녀오자고 딸을 설득했고 결국 사촌언니는 수락했다. 큰
아버지 부부는 딸과 함께 잠시 집을 비우기로 했다. 일주일이 채 되지
않는 기간이었지만 큰어머니는 가게를 잘 부탁한다는 얘기를 나에게
남긴 채 서둘러 여행을 떠났다. 집 안은 텅 비어 있었다. 늦은 밤에 돌
아오면 허전해서 잠을 이룰 수 없었다.

나는 용기를 내어 박재령에게 전화를 걸었다. 그가 알려준 곳으로
연락을 했지만 전화를 받지 않았다. 그는 어떻게 지내고 있을까. 그동
안 많은 일이 있었다고 얘기해주고 싶었다.

사촌언니가 결혼을 하고 이혼을 했다. 그사이 나는 당신을 참 많이
그리워했다. 어떻게 지내는가? 그런 생각을 하다가 나는 불현듯 짐을
챙겨 다음 날 아침 보스턴으로 떠날 준비를 했다.

연락도 없이 찾아간다면 박재령은 어떤 표정을 지을까. 그의 집 주
소를 알지 못했기에 우선 학교로 가볼 생각이었다. 어쩌면 캠퍼스 안
에서 마주칠 수도 있었다.

분명히 박재령은 다시 만나게 될 거라고 말했다. 그 말을 믿고 싶었

지만, 떨어져 있는 동안 원망의 감정이 드는 건 사실이었다. 그의 상황을 이해하면서도 그가 나를 저버렸다는 생각을 하지 않을 수 없었다.

보스턴으로 가는 동안 잠을 좀 청하려고 했지만 그러지 못했다. 목적지에 도착하자마자 나는 바로 그의 학교로 향했다. 어떤 그리움이 나를 그곳으로 끌고 간 것인지 몰라도 그를 만나면 어떤 위로를 받을 수 있을 것 같았다. 하지만 강의실에서도 학과 사무실에서도 그의 모습은 찾아볼 수 없었다. 주저하던 끝에 사무실로 들어가 사람을 찾고 싶다고 하자, 금발 머리의 여자가 서류를 확인해보더니 박재령이 휴학을 했다고 전했다.

입학을 했는데 학교에 얼마 다니지도 않고 휴학을 했다니, 이건 무슨 의미일까. 박재령에게 전화를 걸었지만 연결되지 않았다. 어쩌면 미국을 떠나 다른 곳으로 갔을 수도 있었다.

나는 학교 근처 식당에서 식사한 뒤 다시 버스를 탔다. 돌아가는 수밖에 없었다.

그날 자정 무렵에 나는 박재령에게 이메일을 보냈다.

하지만 그는 메일조차 확인하지 않았다. 무슨 일이 생긴 걸까. 그동안 내가 그를 너무 믿고 의지한 걸 수도 있었다. 그 와중에도 연락하지 못하는 어떤 이유가 있을 거라고 나는 생각했다.

며칠 후에 큰아버지 부부가 여행지에서 돌아왔는데, 사촌언니는 전보다 더 편안해 보였다. 시간이 흐르면서 날씬해졌고 다시 얼굴에 화색이 돌았다. 간혹 친구들이 찾아오긴 했으나 그녀는 좀처럼 사람들을 만나지 않았다. 대신 자신의 어머니가 운영하는 푸드 코트에 나와 일을 거들었다. 바쁘게 살려고 마음을 먹었는지 고된 노동도 피하지 않고 손님들을 맞이했다. 가끔 사촌언니는 하던 일을 멈추고 가족 단위로 온 손님들을 빤히 쳐다보았다. 어느 때는 자신이 이루지 못한 가정을 그리워하듯 넋을 놓은 채 슬픈 눈길로 그들을 응시했다.

그 와중에도 사람들이 그녀에게 다가왔는데, 공연 티켓이나 선물을 주고 가는 경우도 있었다. 특히 남자 손님들이 사촌언니에게 각별한 관심을 표현했다. 그들의 눈빛에는 한 여자에 대한 호기심이 드러났다.

도화의 기운 때문인가. 남녀노소, 특히 남자들에게 호감을 주는 건 그런 기운 때문일 수도 있었다. 만약에 명진애가 그 모습을 봤더라면 질투하거나 상대를 깎아내렸을 텐데. 다행히 명진애는 곁에 없었고 사촌언니는 그런 사람들 속에서 자유로울 수 있었다.

특히 그녀의 목소리는 아주 곱고 아름다웠다. 부드러우면서도 깊이가 있고 진중하면서도 상대를 배려하는 그런 목소리였다. 그녀의 말투에는 사람을 끌리게 하는 그 무엇이 있었다. 그녀의 사주에는 식신이 있었다. 식신이 있으면 목소리가 곱다는 얘기를 들은 적이 있었다.

*

식신은 사길신 중 하나로서 옷과 밥을 의미한다.

식신은 남자에게는 장모, 장인, 손자를 의미하며 여자에게는 자식이나 손자 및 친정 조카를 의미한다. 식신을 가진 사람들은 보통 너그럽고 온순한 경우가 많다. 남에게 베풀 줄 알며 내성적이나 명랑한 성품을 지닌다.

식신은 곧 전문성을 의미하며, 식신을 가졌을 경우 보통 자신이 좋아서 일을 실행하기 때문에 어떤 결과물을 만들어낸다. 식신은 곧 실용성, 창조성을 의미하기도 한다. 하지만 지나치게 많으면 신체가 허약하고 정신적으로 불안해질 수가 있다.

사주에 식신이 많으면 예술적인 성향으로 흐를 수가 있다. 그것은 비견의 힘을 받으면 더욱 그 힘이 강해진다. 사주에 식신이 있으면 관성으로 향하는지, 재성으로 향하는지를 살펴야 한다. 일반적으로 재성은 돈을 의미한다. 남자에게 있어서 재성은 돈이자 곧 여자를 뜻한다.

무엇보다 사주에서는 십성을 잘 이해해야만 한다. 고서인 『연해자평』에 보면 식신유기 승재관이라 하여 식신이 잘 쓰이면 재물이나 벼슬보다 낫다고 평가한다.

나에게도 식신이 많이 있었다. 과거에 박재령이 나에게 창조적인 일을 해보라고 권한 것도 식신 때문일 수도 있었다. 그는 구체적으로 언급하지 않았지만 내가 어떤 사람인지, 어떤 운명을 타고났는지 직감했을 수도 있었다.

그동안 박재령에게 내 사주에 대해 물어본 적은 없었다. 큰아버지에게도 부탁한 적이 없었다. 다만 그들의 눈빛과 말투에서 뭔가를 해석해내려고 했다. 하지만 그러기엔 한계가 있었다. 나는 사주팔자 자체에 깊이 의존하는 사람도 아니었고 거기에 인생을 걸고 한 방을 노리는 사람도 아니었다. 과연 나쁜 운이 온다면 그 비를 피할 수 있을 것인가.

나는 그 부분에 의구심을 갖는 사람이었다. 만약 나의 인생이 도랑으로 떨어진다 해도 내 일주에 있는 천을귀인이 결국 나를 도와줄 거

155

라고 믿었다.

보통 사주에서는 지나치게 한쪽 기운이 많은 것을 그다지 좋지 않게 해석한다고 했다. 모든 게 적당히 융화되면 좋겠지만 그런 사람은 많지 않다.

물론 나에게도 부족한 게 있었다. 인성이라는 것도, 관성이라는 것도 없었다. 나와 다르게 사촌언니의 사주에는 관성이 있었다. 관이 있고 도화가 있는 사람. 그래선지 늘 주위에 남자가 많았고 자신의 매력을 어필할 수 있었다.

사람들이 찾을 때마다 무슨 일인지 사촌언니는 곧잘 자리를 비우곤 했다. 한 자리에 머물러 있는 게 답답했는지 일을 하다 말고 자주 바람을 쐬러 다녔다. 그녀에게도 역마가 있었다.

이석영의 『사주첩경』에 보면 여러 사람의 사주를 소개한 부분이 있다. 그중에는 해외 출입이 가능한 사주, 국제결혼이 가능한 사주를 소개하고 있는데, 보통 지지에 인신사해 역마가 있는 경우 해외로 가는 경우가 많다고 나와 있다. 역마가 많은 경우, 돌아다니다 보면 몸이 피곤해질 수밖에 없는데 노년에 역마가 있으면 제대로 쉬지 못해서 건강이 약해질 수밖에 없다.

사촌언니에게는 초년과 노년에 역마가 있었다. 아니 내가 보기에는 평생 역마의 기운을 달고 사는 것 같았다. 이혼한 뒤 잠시 집 안에 틀어박혀 있었을 뿐, 한자리에 앉아 공부하는 데에도 어려움이 따르는 것 같았다. 인내심이 강한 것 같지도 않은데, 좋은 대학에 들어간 걸 보면 타고난 머리가 좋은 듯했다.

己 丙 癸 丁

海 戌 卯 巳

사촌언니는 정사년 계묘월에 태어난 사람이었다.

일주가 그 사람 자체를 의미한다면 사촌언니는 병화, 즉 태양을 의미했다. 흙 위에 떠 있는 태양. 묘월에 태어난 사람. 만물이 피어나는 봄에 태어난 사람. 아마도 사촌언니 곁에 있는 사람들은 그 태양 빛을 보고 싶어서 여기저기서 모여든 것 같았다. 나에게도 그런 빛이 필요했다.

소설

쓸쓸함에 대해 잘 알고 있다

그즈음 나는 심적으로 어려움을 겪고 있었다. 누구에게도 털어놓을 수 없었으나 박재령에 대한 마음을 혼자 간직하고 있는 게 버거웠다. 보스턴에서 그를 만나지 못한 이후에 나의 불면증은 깊어졌다. 특히 귀에서 이명이 들릴 때가 있었다. 바람 소리 같기도 하고, 파도 소리 같기도 해서 병원을 찾았으나 의사는 별 이상이 없다는 진단을 내렸다. 스트레스가 큰 탓이라고 했다.

무슨 일 있니?

내가 멍하니 있을 때마다 사촌언니는 나에게 물었지만 나는 속내를 털어놓을 수 없었다. 그리움에 대해 말할 수 있을 것인가? 그녀는 내 편이 되어서 그에 대한 추억을 공유할 수 있을지 모르지만 어쩐지 비밀로 남겨둬야 할 것 같았다. 사촌언니는 박재령을 어떻게 생각하고 있을까. 그가 큰아버지를 만나기 위해 자주 집에 드나들었으니 어쩌면 나보다 더 많은 걸 알고 있을 것이다. 나는 마음의 깊이와 흔들렸던 시기, 그를 찾아 헤매던 시기, 아니 보스턴으로 갔던 시기에 대해 차마 털어놓을 수 없었다. 사랑은 자신에게만 특별할 뿐 다른 사람에게는 그저 일반적이고 평범하게 보일 수도 있었다.

혹시 누구를 기다리니?

어느 날 사촌언니가 나에게 물었다.

아니야.

금방 계절이 지나갈 것 같지?

그러네.

참, 너도 진애 알지?

진애?

여기서 일했던 명진애. 얼마 전에 여기에 왔었어.

박재령이 다시 내 앞에 나타난 건 추운 겨울이었다. 처음에 멀리서 봤을 때 나는 그를 알아보지 못했다. 나의 시력이 좋지 않다 보니 그저 먼 곳에, 낯선 한국 남자가 서 있는 줄 알았다. 그런데 그를 알아본 직원들이 박재령에게 다가가 악수를 청했다. 내가 알던 사람이 맞나. 나는 의심하면서 그를 바라보았다. 한참 후에 그가 나에게 다가와 슬며시 팔을 잡았다.

오랜만이구나.

나는 아무 말도 하지 않았다.

몇 시에 끝나니?

왜요?

차 한잔하고 가려고.

그냥 가세요.

건너편 가게에서 기다릴게.

박재령은 나에게 말하고는 다른 직원들에게 가서 인사했다. 사촌
언니와도 오랜만이라는 듯 반갑게 인사했다. 어쩐지 서글픈 감정이
들었지만 흘러간 시간을 받아들일 수밖에 없었다. 일을 끝마치고 밖
으로 나갔을 때, 건너편 가게에 앉아 있는 그의 모습이 보였다. 내가
기다렸던 그 사람이 맞나 싶을 정도로 그는 어딘가 모르게 변해 있었
다. 백화점에서 구입했는지 그의 옷은 무척 비싸 보였다. 그는 자리에
서 일어나 나를 맞이했다.

늦었구나.

네.

배고프지 않니?

밥은 먹었어요.

전처럼 술을 한잔 마시고 싶은데. 그쪽으로 갈까?

나는 가게를 나와서 조용히 박재령을 따라갔다.

그동안 어디에 있었어요?

보스턴에.

갑자기 어떻게 왔어요?

그냥 왔어.

왜요?

생각이 나서.

생각이요?

그동안 많은 일들이 있었어.

무슨 일이요?

너에게 참 많이 미안하다.

박재령은 잠시 아무 말도 하지 않았다.

학교는요?

사정이 생겨서 휴학했어.

그랬군요.

너는 어떻게 지냈니?

박재령이 물었을 때 나는 쉽게 대답하지 못했다.

좀 일찍 왔어야 했는데. 기다렸니?

모르겠어요.

나는 잠시 독일에 다녀왔어.

거긴 왜요?

누나 좀 만나느라.

얼마나 있었어요?

열흘쯤.

독일 어디?

베를린에.

베를린이요.

누나가 거기에 있어.

그러고요?

좀 전에는 너의 큰아버지를 뵙고 왔어. 드릴 말씀이 있어서.

계속 공부하고 있는 줄 알았어요. 보스턴에서.

잘 안 됐어. 그래서.

휴학을 했군요.

너는 그대로구나.

박재령은 무엇을 확인하기 위해 이곳을 찾아온 걸까. 설마 나를 그리워한 걸까. 아니 그러지는 않았을 것이다. 그사이 몇 번의 계절이 지나갔고 나는 마치 타인을 마주한 것처럼 그를 낯설게 바라보았다. 내 눈에 비친 그의 모습에는 숨길 수 없는 우수 같은 게 있었다. 무엇 때문일까.

혹시 돈이 부족해서 휴학한 거라면. 굳이 내가 묻지 않아도 그의 곁에는 도와줄 사람들이 있었다. 만약 큰아버지에게 찾아가서 한 학기만 도와달라고 부탁한다면 그는 선뜻 그 부탁을 들어줄 것이다. 큰아버지는 그러고도 남을 사람이었다. 하지만 설령 돈이 필요하다고 해도 박재령은 누군가를 찾아갈 사람이 아니었다. 학업을 포기하면 포기했지 상대에게 부담을 주거나 상대를 난처하게 할 사람은 아니었다. 차라리 조금 더 이기적으로 다른 사람들에게 도움도 청하면서 살아갔더라면 지금쯤 많은 것들이 달라졌을 수도 있었다. 조금 더 뻔뻔해져도 좋을 텐데. 그는 어찌하여 저런 표정을 짓고 있는 걸까.

박재령은 나에게 어떤 죄라도 지었다는 듯 제대로 고개를 들지 못하고 있었다. 비록 내가 그를 만나기 위해 무작정 보스턴으로 찾아간 적이 있지만 그것은 일방적인 나의 결정이었을 뿐 그가 사죄할 일은 아니었다. 다만 그간의 그리움이 깊었고 그것에 대해 할 말이 많았지만 그가 믿어주지 않을 것 같아서 나는 창밖만 내다보고 있었다.

언제 돌아가요?

내일.

오늘은 어디서 묵을 거예요?

숙소를 예약했어.

학업은 계속할 거죠?

아마 그래야겠지.

늘 공부를 하고 싶어 했잖아요.

그랬나.

어쩐지 박재령은 자신이 가야 할 길을 알지 못한다는 듯 말끝을 흐렸다.

내가 공부를 하고 싶다고 말했었니?

네.

그랬구나. 뭔가 엉킨 느낌이 들어.

뭐가요?

시간이 엉켜 있다는 느낌.

시간이요?

어느 날 꿈에서 깨어보니 나를 둘러싼 환경이, 아니 시간이 거꾸로 간다는 느낌이 들어.

그 공부는 계속하고 있어요?

명리 말이니?

네.

하면 할수록 더 어려워. 가끔 주역을 보기도 했지만.

주역이요? 그건 더 어렵지 않아요?

가끔 살아가는 일이 두려워져.

박재령은 사는 일이 두렵다고 했다.

이거, 하고 갈래?

그는 자신의 목도리를 나에게 건네주었다.

괜찮아요.

내가 너에게 줄 게 없구나. 이것밖에 없구나.

헤어지기 전, 그는 나에게 자신의 목도리를 내어주었다.

그로부터 사흘 후에 나는 박재령의 결혼 소식을 들었다. 큰아버지는 거실 소파에 앉아 그 얘기를 가족들에게 전했고 큰어머니는 결혼 상대가 정말 그 애가 맞느냐고 물었다. 큰아버지는 고개를 끄덕였다.

결혼 상대는 명진애였다. 나뿐만 아니라 다른 가족들 역시 그 얘기가 믿어지지 않는다는 듯 고개를 내저었다.

그럴 리가 없을 텐데.

사촌언니가 말했을 때, 큰아버지는 청첩장을 보여주었다.

재령이 보스턴으로 떠난 뒤, 진애가 그곳으로 갔었다는군.

보스턴으로 따라갔다고요?

재령이 말해주었어.

그럼 거기까지 간 거예요? 게다가 결혼까지?

나도 자세히 묻지는 않았어.

자세히 물어보지 그러셨어요?

이미 결정된 일인데.

그래도 반대를 안 했어요?

잘 모르겠어. 어떻게 된 건지.

하필이면 상대가.

나는 사촌언니와 큰아버지가 나누는 대화를 듣고만 있었다. 그들 사이에 끼어 박재령과 명진애에 대해 얘기할 수는 없는 일이었다.

언제예요? 식은?

이번 주 토요일.

참석하실 거예요?

큰아버지는 끝내 대답하지 않았다.

당신이 안 가면 나도 안 가요. 나더러 대신 가라고 강요하지는 말아요.

큰어머니는 자신과는 상관없는 일이라는 듯 청첩장을 봉투 속에 넣었다.

그럼 계속 보스턴에서 살겠네요?

그렇겠지.

아휴, 무슨 일을 그렇게 벌인 건지.

큰어머니는 몹시 착잡하다는 듯 한숨을 내쉬었다.

그렇다고 남의 결혼식에 가서 악담을 할 수도 없고.

악담이라니.

나는 안 갈래요. 거기에 누가 가겠어요? 우리가 명진애를 모르는 것도 아니고.

큰어머니는 더는 얘기하고 싶지 않다는 듯 인상을 썼다.

결국 큰아버지와 큰어머니는 결혼식에 참석하지 않았다. 불참한다는 건 그들의 결혼을 축복하지 않는다는 의미이기도 했다. 박재령은 어떻게 받아들였을까. 사촌언니 역시 그를 만나러 가지 않았다. 유일하게 결혼식에 참석한 직원이 한 명 있었다. 그 역시 가기를 주저했

으나 명진애와 약간의 친분이 있다는 이유로 결혼식장에 다녀왔다고
했다. 그러면서 그는 뭔가 불편한 느낌을 지울 수 없다고, 그들은 전
혀 어울리지 않는다고 털어놓았다. 그 말에 동의하는 사람도 있었고
그래도 뭔가 비슷한 게 있으니 함께하는 거 아니냐고 반문하는 사람
도 있었다. 나는 어느 편에도 설 수 없었다.

박재령과 명진애가 얼핏 보기에는 물과 기름처럼 보이지만 나름
서로 통했을 수도 있었다. 명진애의 소유욕과 적극성에 대해서는 잘
알고 있었다. 한번 물었던 것은 놓치지 않는 악착같은 면이 있었다.
누군가는 그 모습에 치를 떨었지만 결국 그 근성으로 자신이 원하는
것을 가졌을 것이다.

사실 나는 명진애가 박재령의 뺨을 세차게 때리고 돌아섰을 때, 이
미 그들의 관계가 다 끝난 줄로만 알았다. 설마 그녀가 그를 따라, 아
니 그를 쫓아서 보스턴으로 갈 거라고 예상하지 못했다. 그의 옆에는
명진애가 아닌 다른 여자가 있어야만 했다. 그게 나는 아니더라도 적
어도 명진애, 그녀만은 아니기를 바랐다. 뭔가 안 좋은 기운을 그에게
전달한다는 느낌, 따뜻한 초목의 봄기운을 상대에게 전해주는 것이
아니라 그저 변덕스럽게 자신의 마음대로 상대를 휘두른다는 느낌,
그런 느낌이 떠나지 않았다.

어쩌면 서로 마음이 잘 맞아서 잘 살 수도 있는 일이었으나 그럴 확
률은 낮아 보였다. 아니 솔직히 말하면 나는 그들의 불운을 바라고 있
었는지도 모른다. 겉으로는 아닌 척하면서도 몹시 서글펐고 인생에
서 결정적으로 중요한 뭔가를 잃었다는 느낌을 지울 수 없었다. 차라
리 그가 정말 명진애를 사랑해서 선택한 것이기를.

그런 것이기를 나는 바랐다. 그렇다면 나 역시 축복해줄 수도 있었다. 사랑이 어떻게 그렇게 빨리 포기될 수 있냐고 누군가 묻는다면, 나는 할 말이 없었다. 내가 아닌 다른 상대에게 간다는데 붙잡을 방법이 없었다.

보스턴으로 떠난 뒤 그가 나에게 연락을 끊은 건 명진애 때문이었을까. 내가 아는 박재령은 온 힘을 다해서 그녀로부터 달아나려고 했지만 결국 그렇게 되지 못했다. 그것 역시 그의 선택이었고 그의 인생이었다.

결혼식에 다녀온 직원은 아무래도 명진애가 임신한 것 같다고 털어놓았다. 충분히 가능성 있는 일이었다. 만약 그런 거라면 박재령은 자신의 행동에 책임지려고 했을 것이다. 마지막으로 박재령이 나를 찾아왔을 때, 그는 왜 나에게 자신의 결혼 소식을 털어놓지 않았을까. 너에게 참 미안하다. 그의 모습은 결혼을 앞둔 새신랑의 모습이 아니었다. 지친 여행에서 돌아온 사람처럼 보였다.

주역을 보고 있어. 삶이 두렵게 느껴져. 그는 나에게 말했고 나는 그의 운명에 대해 생각하지 않을 수 없었다. 사실 나는 그에 대해 자세히 아는 게 없었다. 그와 깊은 사이도 아니었고 미국 생활에서 무엇을 보고 느꼈는지 아무것도 물어보지 못했다.

함께 길을 걷고 차를 마시고 어두운 술집에서 마주 앉아 있었던 게 전부였다. 너무 짧지 않은가. 그렇게 마무리되는 만남이라니. 길게 한 사람과 만난다고 해서, 같이 살고 아이를 낳는다고 해서 이별이 찾아오지 않는다고 보장할 수도 없는 일이었다. 순식간에 결혼하고 너무 빨리 이혼한 사람을 곁에서 보았고 얼마나 어처구니없이 사람의 관계가 끝날 수 있는지, 관계가 얼마나 허망한 것인지 옆에서 보았고 그 쓸쓸함에 대해서 누구보다 잘 알았다. 어찌 보면 그래도 살아서 헤어진 것은 다행이 아닌가. 나는 그렇게 생각하려 했다. 하지만 쉽지 않은 일이었다.

죽어서 헤어지는 것보다는 낫다. 쌍둥이 오빠가 어느 날 갑자기 사망했을 때, 나는 깊은 구멍을, 삶의 구멍을 보지 않을 수 없었고 살기 위해 멀리 떠나왔지만 다시는 그런 일을 반복하고 싶지 않았다. 삶의 기이함. 왜 이별이 반복되는 것이고 왜 내 앞에 놓인 다리가 끊어지는 것인지 인생의 불확정성에 대해 설명할 길이 없었다.

박재령은 처음부터 알고 있었던 건가. 명진애와 인연이 될 것을 알고 있었나.

어느 정도 운명에 대해 공부한 사람이라면 자신의 운명 속에 드러난 배우자를 알 수 있는 거 아닌가. 인생에서 큰 틀을 바꿀 수 없는 거라면. 그가 숙명 속으로 걸어 들어간 거라면.

그를 비난할 수 없었다. 어느 순간 그가 불행해져 다시 나를 찾는 일이 없기를 진정으로 바랐다. 한 사람에 대해 저주를 퍼붓는 건지 축복을 하는 건지 나는 알 수 없었고 어떤 회오리로부터 빠져나가기 위해 안간힘을 쓴다고 느꼈다.

박재령과의 만남을 통해서 내가 깨달은 건, 삶이 부질없다는 것이었다.

그대여 간난사를 말하지 마오.
눈 속의 봄은 멀지 않았으니.

그가 나에게 적어주었던 시 구절. 그러나 가난하고 아픈 기억을 그가 더 얹어준 셈이었다. 어떤 회한 속에서, 그리고 그 속에서 내가 보았던 것은 어떤 언덕과 언덕의 안개, 안개 속의 풍경, 풍경 속의 철창, 철창 속의 또 다른 감옥, 감옥 속의 구름, 구름 속의 뼈, 뼈 속의 피였다. 나는 어떤 신음을, 마음의 조급함을 그 누구에게도 말하지 않았고 혼자 감당해내려고 했다.

단지 누군가를 사랑했을 뿐인데, 그 대상이 박재령이었을 뿐인데, 느닷없는 괴로움을 느끼는 것을 나는 이해할 수 없었다. 사랑의 달콤함 속에 수치가 있었고 수치 속에 괴로움이 있었다. 사람을 사랑한다는 건 형벌인가. 죄인가.

이별이 자연의 섭리라고 말하는 사람도 있는데 왜 받아들이기 어려운가. 만약 사촌언니에게 이런 질문을 한다면 그녀는 결혼은 환상이 아니야, 하고 나에게 얘기해줄지도 모른다. 살다 보면 권태만 남아. 너무 괴로워하지 마.

나는 큰 아픔을 겪은 사촌언니가 곁에 있다는 것만으로도 알 수 없는 위로를 받았다. 사촌언니가 겪은 불행이 결과적으로 나를 도와주었다는 것을 어떻게 받아들여야 할까.

대한

굳이 만나 서로를 위로하는 일이 없기를

사주 명리의 용어 중에 공망이라는 단어가 있다. 비어 있다는 뜻으로서 고독성을 의미한다. 비어 있고 헛되다. 그렇다면 비어 있다는 것은 나쁘다는 것인가. 아니면 다시 채워 넣을 수 있다는 것인가. 뭔가를 잃었다는 뜻인가.

그것을 어떻게 보느냐에 따라서 해석을 달리할 수 있다.

일반적으로 사길신, 즉 식신이나 정관, 정인이나 정재에 공망이 들면 좋지 않은 것으로 해석한다. 그러나 사흉신 상관이나 편관, 편인이나 겁재에 공망이 들면 오히려 그것을 길한 것으로 해석한다.

사주팔자의 전체를 보고 판단해야 하기 때문에 공망이 들었다고 해서 무조건 나쁘다고 말할 수는 없는 일이다. 만약 일지가 천을귀인이라고 해도 공망이 들면 인덕이 부족한 것으로 볼 수 있다.

일반적으로 연간이 공망인 경우 부친의 덕이 없다는 것으로 해석한다. 연지에 공망이 있을 경우 조상의 묘를 잃게 되는 경우가 있다. 월간이 공망일 경우 형제자매가 부실한 경우가 있다. 형제 중 누군가 일찍 세상을 떠나기도 한다. 월지가 공망일 경우 부모 형제와 소원해지기 쉽다.

만약 일간이 공망일 경우 고독을 면치 못하고 일지가 공망일 경우 부부해로가 어려울 수도 있다. 시간이 공망일 경우 비록 뜻은 높으나 이번 생에서 그 뜻을 이루기가 어려운 경우가 있다. 시지가 공망이면 그것 또한 본인에게 불리하게 작용한다. 임종할 때 자식이 그 사람의 곁을 지키지 못하는 경우가 있다.

공망. 그 단어만으로도 고독한 느낌이 들었다.

혹시 내가 이렇게 고독해지는 건 사주팔자의 책에 나온 대로 내 일간에 공망이 들어서 그런가. 그런 생각을 할 때가 있었다. 천을귀인에 공망이 들어서 주위의 도움을 받지 못하는 건가. 그러나 내 일간이나 일지에는 공망이 없었다. 다만 월지에 공망이 있었다.

형제자매와 그 인연이 깊지 않다. 그렇다면 내 월지에 공망이 있어서 나의 오빠와 인연이 그렇게도 약했던 걸까. 아니 그건 그저 확률일 뿐이라고 믿고 싶었다. 어쩌다 보니 공망이 든 것이고, 어쩌다 보니 그가 일찍 세상을 떠난 것이라고 믿고 싶었다. 계속 의문을 더하면 현재의 삶이 버거워지기 마련이었다.

살아 있는 동안 죽음과 비탄만 생각할 수는 없는 일이었다. 누군가에게 토로한다고 해서, 분노한다고 해서 해결되는 문제는 아니었다. 살기 위해서는 생각을 달리해야만 했다. 잃은 것보다 얻은 것들을 생각해야만 했다.

나는 살면서 더 이상 박재령의 모습을 보지 않기를 바랐다. 굳이 만나서 서로의 일상을 얘기하고 위로하는 일이 없기를 바랐다.

하지만 그는 결혼한 지 얼마 되지 않아서 큰아버지 댁에 나타났고 나는 멀리서 그 모습을 지켜봐야만 했다. 박재령은 택시에서 내렸고 한 여자가 따라 내렸다. 한눈에 명진애라는 걸 나는 알아보았다.

그녀는 화장을 하지 않은 상태였다. 나이 들어가는 것을 자연스럽게 받아들인 건지, 아니면 자신의 삶에 만족하는 건지 편안한 표정을 짓고 있었다. 내가 괴로워하는 동안 저 여자는 편안했구나.

명진애는 박재령을 따라서 걷고 있었다. 그들은 잠시 후 큰아버지 댁 초인종을 눌렀다. 그 몇 초 사이, 정확히 10초도 되지 않는 사이, 나는 그들을 놓치지 않고 바라보았다. 저들은 왜 찾아온 건가.

큰아버지는 저들의 결혼식장에도 찾아가지 않았는데. 혹시 따로 축의금이라도 전한 거라면. 큰아버지라면 그렇게 했을 수도 있었다.

박윤. 박재령의 본명이라고 했다. 그가 나에게 박윤이라고 털어놓았을 때, 그가 모든 것들을 알려주는 거라고 나는 생각했다. 아마 그때부터였을 것이다. 내가 그를 믿기 시작한 것은. 하지만 그는 일부분만 나에게 보여주었을 뿐, 명진애와의 관계는 다른 사람을 통해서 알려왔다.

저들은 행복한가. 아니면 불행한가.

저들의 만남은 결정적인 것인가. 우연인가. 필연인가.

나는 그들이 집 앞에 서 있는 그 몇 초 동안 그런 생각을 하지 않을 수 없었다. 잠시 후 박재령은 과일 바구니를 들고 큰아버지 댁으로 들어갔다.

나는 줄곧 건너편 길가에 서서 시간이 흐르기만을 기다렸다. 어딘가에 들어가서 추위라도 피하고 싶었으나 막상 그렇게 되지 않았다. 그들은 예상보다 빨리 집에서 나왔다. 용건이 끝났다는 듯 기다리고 있던 택시에 올라탔다. 멀리서 본 명진애는 어딘지 모르게 연약해 보였고 빨리 이 동네를 떠나고 싶어 하는 것 같았다. 박재령은 큰아버지를 만난 것이 하나의 의무였다는 듯 서둘러 택시에 올라탔다.

한때 박재령 혼자 저 집을 드나든 적이 있었다.

나를 만나기 전에.

그 혼자.

어쩐지 그를 만나기 위해 추위 속에서 떨었다는 느낌이 들었다. 분명 가게 안에서 그와 마주쳤고 대화를 나누고 술을 마셨지만 따뜻한 기운보다는 차가운 느낌이 그와 나 사이를 오갔고 그 추위를 피할 수 없었다.

그는 왜 나를 찾아와서 인생이 두렵다고 했을까. 인생은 누구에게나 두렵지. 다만 그걸 말하는 사람이 있고 표현하지 않는 사람이 있지. 재령, 당신은 약한 사람이어서 그걸 나에게 말했구나. 당신들, 어디로 가나? 택시를 타고 호텔 앞으로?

그때 조금씩 눈이 내리기 시작했다. 내 코트는 조금씩 젖어갔다.

안 들어오고 뭐하니?

멀리서 사촌언니가 나를 부르고 있었다.

추워. 얘.

173

들어가려고.

어서 들어와.

사촌언니는 나를 한참 동안 지켜본 것 같았다. 그녀는 밖에서 왜 그러고 있었느냐고 묻지 않았고 다만 그들이 다녀갔어, 하고 말했다.

누구?

나는 일부러 모른 척했고 사촌언니는 담담하게 말을 이었다.

박재령과 명진애가 왔었어. 차 한잔 마시고 갔어.

나는 그들에 대해 구체적으로 묻지 않았다.

아버지께 볼일이 있었나 봐.

갑자기 온 거야?

아이를 가진 것 같아. 밥을 먹고 가라고 해도 급히 가야 할 데가 있다면서 그냥 갔어.

어디를?

모르겠어.

근데 명진애는 좀 달라진 것 같더구나.

달라졌어?

설명할 수는 없지만 분위기 자체가 좀 달라졌어.

사촌언니도 그렇게 느낀 것 같았다. 결혼 이후에 명진애는 일부러 화장도 하지 않고 수수하게 다니는지도 모른다. 박재령이 그렇게 요구한 거라면. 아니 그는 여자에게 옷차림을 바꾸라고 지적하는 사람이 아니었다.

아마도 명진애가 박재령에게 맞추기 위해 노력하는 걸 수도 있었다. 그런데 아이라니. 그렇게 빨리 박재령이 한 아이의 아버지가 된다

174

는 건 믿고 싶지 않았다.

큰아버지는 그들에게 얼마간의 돈을 건넸다고 했다. 축의금조차 건네지 못했으니 뒤늦게라도 성의를 표시한 것 같았다. 박재령은 끝내 받지 않았지만 명진애가 재빨리 봉투를 핸드백 속에 넣어버렸다고 했다. 큰어머니는 명진애가 달라진 게 없다고 흉을 봤지만 큰아버지는 입을 다물었다. 큰어머니는 이제 보니 재령도 명진애와 크게 다를 바 없다고 깎아내렸다.

결국 비슷하니까 어울려 사는 거 아니에요?

큰어머니는 불만스러운 목소리로 그렇게 물었다. 큰어머니는 사람에 대한 믿음을 어느 정도 잃어본 경험이 있었고 비록 긴 시간 박재령을 옆에서 지켜보긴 했지만 이제 남과 다를 바가 없다며 허탈해했다.

아까워도 그렇게 아까울 수가 없어요.

큰어머니는 큰아버지에게 말했다. 그때 큰아버지가 나를 쳐다보았고 나는 조용히 이층 계단을 올라갔다.

비슷한 사람들이다. 비슷한.

박재령이 만약 흰 돌이었다면 명진애도 흰 돌인가. 만약 박재령이 검은 돌이라면 명진애도 검은 돌인가. 처음에 나는 그들이 다른 사람들이라고 생각했다. 서로에게 섞일 수 없는 사람들이라 믿었다. 하지만 그건 나의 착각이었을 수도 있었다. 나는 오래도록 긴 고독과 허탈감에서 쉽게 빠져나오지 못할 것이라고 생각했다.

사람을 미워하지 마소.

네?

학생. 사람을 미워하지 마소.

한국을 떠나오기 전, 앞을 못 보던 역학자가 나에게 했던 말이었다.

미움이라니요?

학생, 원진이라고 들어봤는지 모르겠소.

그 역학자의 말에 따르면 나의 사주에는 사술원진이 있다고 했다. 원진이라. 처음에 사람을 좋아하고 사랑하다가도 시간이 흐르면 미운 감정을 품는다. 좋은 인연으로 엮이면 더없이 좋겠으나 세상의 모든 인연이 그리되지 않는다. 원진이 있다는 게 나의 운명이라면 역학자는 그 마음을 풀어야 한다고 했다. 사술원진, 자미원진, 인유원진, 진해원진, 축오원진, 그중에서 나에게는 사술원진이라는 게 있다고 했다. 원진이라는 게 무조건 나쁜 것을 의미하지는 않는다. 다만 그 힘을 사람의 관계에서가 아니라 일에서 승화시켜야 한다. 그 에너지를 일로 풀어내야만 한다. 역학자가 나에게 강조했던 말이었다. 사실 그때 그 역학자에게 말하고 싶은 게 있었다. 미워하는 사람이 없다. 그렇게 생각하지 마시라. 그러나 과연 그랬을까. 세상을 떠난 쌍둥이 오빠에 대한 미움이 나에게 없었던 걸까. 죽은 자를 왜 미워하는가. 그리해서 남는 게 있다는 말인가.

세상을 너무 의심하지 마소.

역학자는 내 모습이 훤히 보인다는 듯 말을 이었다.

어서 외국으로 가소. 어린 나이에 운명에 대해 너무 깊이 생각하지 마소.

*

    계절은 끊임없이 변화한다. 흔히 봄이 찾아오는 것을 입춘이라고 한다.

    입춘에서 우수로, 경칩에서 춘분으로, 청명으로 향해 간다. 청명이 오면 맑은 봄 날씨가 시작된다. 결국 곡우에서 입하로, 소만에서 망종으로 이어진다. 낮이 가장 길다는 하지가 찾아오면 소서로 향해 가고 대서가 시작된다. 대서 무렵에는 입추를 기다린다. 그리고 처서에서 백로로, 추분으로 한로로 이어진다. 어느덧 서리가 내리는 상강에서 입동으로, 소설이 오면 눈이 내린다.

    소설. 소설이 가고 나면 더 많은 눈이 내린다. 흔히 그것을 대설이라고 부른다. 결국 동지로 소한으로 향해 가면 지독한 추위가 찾아온다. 대한이 찾아오는 것이다.

    보통 그것을 24절기라고 칭하는데 그 안에 봄과 여름, 가을과 겨울이 포함되어 있다. 역학에서 봄은 보통 인묘진으로, 여름은 사오미로, 가을은 신유술로, 겨울은 해자축으로 설명한다. 보통 3월은 묘월이라 일컫고 7월은 미월, 10월은 술월, 12월은 자월로 표현한다. 한 생명이 태어나고 사라지고 결국 24절기를 벗어날 수 없는 것이다. 아무리 돈이 많다고 해도, 아무리 가난하다고 해도 시간을 거슬러서 과거로 돌아갈 수 없다.

    흔히 사람들은 착각한다. 이 시간이 영원할 것이라 믿고 젊음이 계속될 거라고 생각한다. 시간은 너무 빠르게 지나가는데. 결국 삶이라는 건 죽음을 향해 걸어가는 하나의 과정일 수밖에 없다.

우리는 태어날 때 부모를 선택할 수 없으며 지역을, 태어난 시간을, 계절을 선택할 수 없다. 죽음 또한 그와 다르지 않다. 떠나가는 날을 선택할 수 없으며 그것에 대해서 구체적으로 알 수 없다. 알 수 없다는 게 인간에게 깊은 위로를 준다. 명리에서는 보통 한 생명이 태어날 때 그 지역을 살피지 않을 수 없다. 가령 3월 30일에 태어난 사람이 있다고 할 때, 서울에서 태어났는지 아니면 제주도에서 태어났는지, 그 시간과 장소에 대한 명리적인 해석은 조금씩 달라질 수밖에 없다.

그 생명이 남자인지 여자인지에 따라서도 운의 행로는 달라진다. 보통 대운을 결정할 때, 순행으로 흐르는지 역행으로 흐르는지 그것을 살펴야 한다. 연간을 기준으로 음양을 나누는데, 양인 남자와 음인 여자일 경우에 순행하고, 음인 남자와 양인 여자일 경우에 대운이 역행한다. 그러다 보니 같은 날, 같은 시간에 태어난 쌍둥이 남녀의 경우 그 대운이, 운의 행로가 달라질 수밖에 없다.

운명을 들여다본다는 것은 조심스러운 일이다. 인간에 대한 통찰과 신뢰, 삶을 대하는 겸허한 자세가 겸비되어 있지 않으면 결국 혹세무민으로 취급당할 수밖에 없다. 무엇이 혹세무민이고 무엇이 혹세무민이 아닌가. 무엇이 길한 것이고 무엇이 흉한 것인가. 무엇이 넘치는 것이고 무엇이 부족한 것인가. 그 유무에 대해서 말할 수 있다는 건 인생의 이치를 다 깨우쳤다는 뜻인가. 사주 명리는 완성된 것이 아니라, 그저 완성되어가는 하나의 과정 속에 있는 것뿐이다.

지구는 태양의 주위를 약 365일 주기로 공전한다. 하루에 1도씩 조금씩 움직인다. 만약 지구가 멈춰 있게 된다면 일식이나 월식을 볼 수 없으며 썰물과 밀물조차 볼 수 없게 된다. 그와 동시에 지구는 24시간에 한 번씩 자전을 한다. 지금 이 시간에도 바닷물은 끊임없이 밀려오고 다시 밀려가며 구름의 방향도 조금씩 이동한다.

*

얼마 후 박재령과 명진애는 쌍둥이를 낳았다는 소식을 전해왔다. 박재령은 큰아버지에게 아이들의 이름을 지어달라고 부탁했다. 무슨 일인지 큰아버지는 완곡히 거절했다. 아무래도 이름을 짓는 일에 부담을 느낀 것 같았다. 어쩌면 책임을 떠맡고 싶지 않았던 걸 수도 있었다.

작명하는 데에는 생각보다 많은 시간이 걸린다.

이름은 한평생 중요하게 작용한다. 살다가 개명을 할 수도 있는 일이지만 대부분의 사람들은 평생 그 이름을 품고 간다. 이름은 자신이 어떤 사람인지를 드러내는 중요한 역할을 한다.

그들이 이란성 쌍둥이를 낳았다는 소식을 듣고 나는 씁쓸함을 감출 수 없었다. 박재령은 다시 학교에 다닌다고 했다. 과연 공부에 집중이 될 것인가. 늦은 밤이면 아기들을 달래느라 밤잠을 설칠 테고 기저귀를 갈고 분유를 먹일 텐데. 그는 아이들에게도 다정할 테지만 그런 모습이 낯설게만 느껴졌다.

박은. 박현. 아기들의 이름이라고 했다. 이름의 뜻은 정확히 알 수 없으나 이제 박재령은 은과 현의 아버지로 불릴 테고 그 호칭에 익숙해질 터였다.

늦은 밤에 그의 등에 업혀 있을 아기들을 상상하는 건 괴로웠다.

어떤 인연으로 그들이 만났고 서로에게 닿았는지 그것에 대해서 내가 알 길은 없었다. 지구가 태양을 중심으로 돌고 있다고 해도, 밀물과 썰물이 오간다 해도, 모든 것들이 변한다 해도 나의 마음은 달랠 길이 없었다.

돌이켜보면 오래전 나 역시 누군가의 보살핌 속에서 자랐을 테고 부모는 지친 표정으로 쌍둥이들을 바라보았을 것이다. 그러나 나의 기억에는 아무것도 존재하지 않아서 박재령과 명진애에 대해 생각할 수밖에 없었다. 어쩌면 그들은 보스턴에서, 그 공기와 나무들과 거리의 한적함과 여유로움을 느끼며 행복할 테지만 나는 물리적인 거리와 상관없이 여전히 그들 곁에서 서성이며 살고 있었다. 차라리 박재령이 정말 행복하기를. 그리하여 어느 날 누군가에게 삶이 이제는 두렵지 않아, 하고 얘기할 수 있게 되기를 나는 바랐다.

이제는 삶이 만족스러워.

어디선가, 누군가에게 그가 이렇게 말하고 있을 것만 같았다. 그렇다면 다행이지. 나는 아직 새로운 가족을 이루지 못했다. 아니 친척에게 얹혀살고 있다. 그렇다고 누군가에게 삶의 이면에 대한 얘기를 굳이 할 필요는 없었다.

인생에 대해 큰 의미를 부여한다는 건 부질없다는 걸 박재령이 나에게 알려준 셈이었고, 나는 충분히 그를 증오하거나 경멸할 수도 있었지만 막상 그렇게 되지 않았다. 이제 하나의 가정을 이루고 있는 사람. 그 책임감 속에서 한평생 살아가야 할 그가 어느 날은 가여웠다.

나는 누군가를 연민할 자격이 없었다. 그즈음 나는 한국에 있는, 어딘가에 숨어 있는 아버지의 소식을 들었다. 어떻게 연락처를 알았는지, 아버지의 소식을 전해준 사람은 큰아버지에게 연락을 해왔다. 나이가 많은 여인이었다. 그는 나의 아버지와 함께 살았다고 말하면서 자신의 신분을 밝혔다.

제주시 성산읍 시흥리. 아버지는 그곳으로 숨어들어 여인과 살림을 차린 모양이었다. 언제부터 만나 그들이 함께했는지, 그것에 대해 알 길은 없었다.

여인은 함께 살았던 그 사람이 죽어서 소식을 전하는 거라고 했다. 그 사람이 부탁했습니다. 여인의 말은 간결했다. 큰아버지는 곧 전화를 끊었다. 사실 나는 그의 소식을 듣게 될 거라는 기대는 하지 않았다. 영원히 행방불명된 상태로 살게 될 거라고 믿었다.

그 사람은 병을 앓았습니다.

자신을 못살게 굴었죠.

아무래도 여인은 큰아버지에게 그런 얘기를 전한 것 같았다. 큰아버지는 그 얘기를 나에게 하지 않으려 했으나, 나는 솔직히 얘기해달라고 부탁했다. 있는 그대로 사실을 받아들이는 게 나을 것 같았다.

그럼에도 불구하고 그 사람 곁을 떠날 수가 없었지요.

시신은 햇빛이 잘 드는 선산에 묻었습니다.

저 멀리 바다가 보입니다.

제주 어느 바닷가 근처에서 살았다면. 나와는 아무런 연고가 없는 곳이었다. 나는 제주에 가본 적이 없었고 그 바다나 그 섬의 바람에 대해 아는 바가 없었다. 아버지와 함께 살았던 여자는 자신의 고향에서 평생을 살았다고 했다. 그의 마지막을 지켜본 걸로 보아 어느 정도 사람에 대한 연민을 지닌 것 같았다. 그러지 않고는 그렇게까지 할 수 없었을 것이다.

아버지를 깊이 사랑했나. 그런 사람을 사랑할 수 있나. 나는 부정할 수밖에 없었다. 그것 또한 내가 알 수 없는 영역이었다. 내가 사랑할 수 없는 상대여도 누군가에게는 충분히 사랑받을 수 있었다. 섣불리 장담할 수 없는 게 인생이었다. 만약 그 여인과 아버지가 마음이 잘 맞아 서로에게 도움이 되었다면 그 역시 고마워해야 하는 일이었다. 같이 살면서도 아버지는 자신의 병을 치료하지 못한 것 같았다. 젊은 날, 자신의 젊은 아내와 함께 살 때에도 상대를 한없이 괴롭히더니 그 상황이 계속 이어진 모양이었다. 여인은 인내심이 강한 사람인가. 끝내 한 사람에 대한 연민을 거둘 수 없었나. 그게 배신하지 않는 길이라고 생각했나. 만약 그랬던 거라면 아버지는 또 다른 누군가를 희생시킨 셈이었다.

한평생 가난을 면치 못했던 아버지는 형제들이 있어도 그들에게 손을 내밀지 않아 오히려 민폐를 끼쳤고 가까운 사람들에게 상처를 주었다. 자식들의 안위를 알지 못했으며 특히 아들에 대해서도 아는 게 없었다. 어찌하여 그런 아비가 세상에 존재하는 것이냐고 누군가 물을 수도 있지만.

그런 일이 생길 수 있는 게 인생이었다.

甲　乙　丙　甲

申　卯　寅　申

아버지의 사주는 이러했다. 인월에 태어난 을목이었다. 인월이면

봄인가. 아직 봄이라고 말하기는 이른 시기였다. 바람이 불고 조금은 추운 계절에 태어난 사람. 늦은 오후에 누군가 그의 탯줄을 잘랐을 것이다. 위로 형이 두 명 있고, 황해도 재령 출생인 아비가 있고 갓 아기를 낳은 어미가 있었다.

훗날 어떤 운명을 맞이할지 알 수 없었으나 태어난 아기는 계속 울었을 것이며 어미의 젖을 찾아 허기를 달랬을 것이며 한국 전쟁을 겪고 가난 속에서 성장했을 것이다. 역학자였던 아비. 손님들이 자주 드나든다고 해서 부자가 되는 것도 아니었고 돈이 생겨도 가족들을 먹여 살리느라 어려움을 겪어야 했다.

누구나 다 어렵고 가난했던 시절이었다. 그렇게 자란 아이는 청년기가 되어서 베트남전에 참전했으며 각종 포탄과 총성 속에서 살아남았고 죽은 이들을 수없이 접했으며 타고난 예민함으로 인해 귀국해서도 일상생활에 적응하지 못했다. 베트남전에 참전했다는 것을 자부심으로 여겼으나 대가는 혹독했고 너무 많은 죽음을 접했기에 삶인지 죽음인지 헤아릴 수 없었고 타고난 자격지심으로 인해 형들과의 사이는 멀어져갔다. 주변에 있는 사람들이 모두 적으로 보였고 심지어 가족을 꾸렸어도 그 아내마저 자신을 해치는 적으로 보였으므로 사랑을 주는 일은 어려웠다. 아마도 그는 갑자기 태어난 쌍둥이들마저 자신을 해치는 이들이라고 인식했을 것이며 그 아이들을 피해 집 밖으로 돌아다녔을 것이다.

그에게도 역마가 있었고 어디에도 뿌리내릴 수 없었으며 부평초처럼 자주 산에 오르고 심지어 산에서 잠들기도 했다.

역학자로 이름을 떨쳤던 아비는 자식에 대해 아무 말도 하지 않았으며 그 역시 물어본 적이 없었다. 다만 그는 어떤 우려의 눈빛을 감지했고 자신의 삶을 받아들이려 했다. 그는 훗날 자신의 아들을 산에서 잃게 된다는 것을 알고나 있었을까. 설령 알았다 할지라도 그걸 바꿀 수는 없었을 것이다. 아무리 봐도 주위에 있던 그의 형들은 그보다 나아 보였고 그들에게 도움을 청할 수도 없을 만큼 형제들은 다른 삶을 살고 있었다. 열등감이라는 게 얼마나 사람을 피폐하게 만드는 것인지, 때로는 손을 벌리며 도움을 청할 줄도 알아야 하는데, 그 자존심이라는 게 얼마나 사람을 괴롭히는 건지 그는 뒤늦게 깨달았다.

이따금 책 속으로 도피해본 적도 있었지만 학자가 되는 건 그와 맞지 않았다. 어쩌다 보니 사업에 뛰어들었고 돈을 벌고 싶었으나 그럴수록 더 돈을 잃었으며 주위 사람들의 신뢰를 잃었고 어느 날은 자살을 생각하기도 했다.

귀문관살. 귀신이 드나드는 문이 그에게 있다는 말을 들은 적이 있었다. 사람인지, 귀신인지 그는 살아 있으면서도 스스로의 존재가 혼란스러웠으며 자주 정신 착란 증상을 앓았다.

*

임오년. 육십갑자 중 열아홉 번째 해로서 과거 『현고기』라는 책의 서문에는 임오년에 천지의 큰 변고가 일어났다고 표현한 바 있다. 사도세자는 아버지 영조와 극심한 갈등을 겪다가 뒤주 속에서 생을 마감했다.

과거 임오년엔 사도세자가 죽었고 2002년 임오년엔 나의 아버지가 세상을 떠났다.

부모가 먼저 죽는 것을 천붕이라 하고, 자식이 먼저 죽는 것을 참척이라 한다. 그 슬픔을 위로해줄 수 있는 이는 세상 어디에도 없다. 시간이 흘러도 참혹한 감정은 사라지지 않는다. 과거 영조와 사도세자와의 갈등은 누군가 기록했지만, 나는 아버지에 대해 기록할 게 없었다. 감히 말할 수 없어서 기록하지 못하는 걸 수도 있었다.

아버지의 사망 소식을 듣고 잠시 한국에 다녀와야 하나 망설였지만 나는 그곳에 가지 않았다. 우선 비행깃값이 만만치 않았고 다녀온다고 해서 달라지는 것도 없었다. 마음의 짐을 조금이나마 덜 수 있을지 모르지만 내 마음을 가볍게 하기 위해 긴 비행을 견디고 싶지 않았다. 차라리 다행이었다.

만약 내가 서울에 살았다면 어쩔 수 없이 그가 있다는 제주에 갈 수밖에 없었을 테고 참담한 심정에 젖을 수밖에 없었을 것이다.

그래도 마지막까지 여인이 아버지에 대한 예의를 차린 걸 보면 살아생전 그가 추억을 남긴 게 있는 듯했다. 스스로를 괴롭히고 여인을 괴롭힌 시간도 있었겠지만 함께했던 시간이 모두 지옥인 건 아닌 모양이었다. 나는 아버지 곁에서 살았던 그 여인을 한 번쯤 만나고 싶었다.

분명 아버지도 꿈과 희망이 있었을 텐데. 돈을 많이 벌고 사람들 앞에서 떵떵거리고 자신의 형제들에게, 잘난 형들에게 떳떳한 모습을 보이고 싶었을 텐데. 형들이 살고 있는 뉴욕과 워싱턴 D.C.를 오가며, 비즈니스 좌석에 앉아서 승무원들의 서비스를 받으며 휴식을 취할 수도 있었을 텐데. 뉴욕 어디쯤에 와서 가장 값비싼 호텔에서 머물며

레스토랑에 가서 식사를 하고, 마음 내키면 좋은 양복을 사 입고 거리를 오갈 수도 있었을 텐데. 어떤 사람에게는 그런 기회가 주어지고 어떤 사람에게는 평생 그런 기회가 주어지지 않는다.

왜 어떤 사람은 평생 가난을 면치 못하고 어떤 사람은 부자가 되는가.

왜 어떤 사람은 감옥에 드나들고 어떤 사람은 드넓은 곳으로 나아가는 것인가.

모든 것이 운명이고 팔자라고 말할 수 있는 것인가. 나의 아비가 어려움 속에서 살았다는 건 일종의 비애였고 나에게는 형벌이기도 했다.

그는 봄이 오기 전에 태어나서 봄이 오기 전에 숨을 거두었다.

한 생명이 다해도.

그사이 또 다른 생명들은 태어난다.

그 무수한 생명들 중에 박재령의 아이들도 있었다.

나는 대설이 지나고 태어났어.

언젠가 박재령은 창밖을 보면서 그렇게 말했다.

그때 그와의 사이에 침묵이 오갔고 어떤 눈빛이 오갔고 어떤 적막이 어떤 깊이가 어떤 이해가 어떤 안쓰러움이 어떤 사랑이 오갔다고 생각했다.

재령,

아버지가 돌아가셨어.

나는 살아 있고 당신도 살아 있지.

재령, 아이들이 태어났다고 들었어.

아마도 당신을 닮았겠지.

어떤 사무침 속에서 나는 그를 불렀다. 감옥에 있지 않아도 어떤 사람은 감옥 속에서 살기도 한다.

*

사주의 십성 중에 겁재라는 용어가 있다. 재물을 겁탈한다. 빼앗는다. 그렇게 해석되는 용어로서 비견과도 같이 쓰인다. 겁재는 보통 형제나 이복형제, 동업자로 표시되기도 한다. 겁재가 사주에 있을 때는 긍정적으로 쓰이는 효과도 있다. 다른 사람과의 의사소통을 통해 이익을 얻는 데 조력자로 쓰일 수도 있다.

겁재가 부정적으로 작용했을 때는 정신적인 실패, 배신, 물질적인 파산으로 쓰이기도 한다.

보통 겁재가 많은 사람은 주관이 너무 강해서 사람들과의 관계에서 갈등을 유발한다. 그만큼 막강한 힘이 있기 때문에 때로는 자수성가를 하거나 운동신경이 발달하는 경우도 있다. 모든 사물에는 이면이 있듯이 겁재도 양면성이 함께한다는 것을 살펴야 한다.

백영관의 저서 『사주정설』에는 겁재가 많을 때 편인이 있을 경우 그 힘이 더욱 강해지나 정관과 함께 있을 경우 그 힘이 약화된다고 씌어 있다. 대체로 겁재가 많으면 사업하거나 동업할 때 조심해야 한다. 재물로 인해 화를 입게 될 때 사람은 정처 없이 방황할 수밖에 없다.

하지만 실패했다고 해서 모든 사람들이 망가지는 건 아니다. 다시 일어서는 경우도 있다. 그렇다면 그것은 의지의 문제인가. 타고난 운명이 있기 때문인가. 인간의 삶에 길흉화복이 함께 있다면 우선 자신이 어떤 사람인지를 알아야 한다.

　한동안 나는 인생에서 중요한 것을 잃었다고 생각했다. 내 삶에는 사람을 떠나보내는 일만 남아 있는 것 같았다. 명리에 겁재라는 용어가 있다면 그것은 내 인생을 표현하는 것만 같았다. 중요한 것을 빼앗긴다. 그 정처 없는 느낌이 나를 지배했고 그것에 사로잡혀서 나는 좀처럼 일상을 영위할 수 없었다.

　인간사에 길흉화복이 있다고 했다. 나는 빛을 향해서 걸어갈 자신이 없었다. 만약 인생에 결정적인 만남이 기다리고 있다 해도 나는 크게 기대할 자신이 없었다.

　박재령과 아버지는 나에게 어떤 중요한 무언가를 선사한 셈인데, 그걸 선물이라 표현해야 할지, 갈취라 표현해야 할지 나는 좀처럼 알 수 없었다. 그들은 나를 건너서 다른 세계로 간 게 틀림없었다. 박재령은 나를 지나쳐서 명진애에게 가버렸고, 아버지는 나를 건너서 제주에 있는 다른 여자에게 가버렸다. 그리고 쌍둥이 오빠 또한 나를 건너서 죽음으로 가버렸다. 죽음.

　그것은 어떤 세계인가. 나는 그들에게 빚진 것이 없었지만 그들로부터 자유로울 수 없었다. 한 평 남짓한 좁은 감옥은 아니어도 감옥에 살고 있는 느낌을 받았고, 비가 오고 눈이 오고 꽃이 피는 것을 알지 못하는 죄수처럼 다른 삶 속에 머물러 있었다. 나에겐 집중할 수 있는 힘이 없었는데, 내면이 산산조각 나 초라해진 것 같아서 그저 할 수 있는 일이라고는 뉴욕 시내를 정처 없이 걷는 것밖에 없었다. 무국적자. 이방인. 섞일 수 없음. 머무를 수 없음. 패배자. 실패한 인간. 그런 느낌에 사로잡혀서 나는 지하철을 타고 남쪽으로 내려갔다.

브루클린 브리지. 유일하게 나를 위로해준 장소였다. 해 질 녘에 그 다리 위를 걷고 있을 때, 나는 마음이 외로워지는 것도 느끼지 못한 채 그저 도심의 불빛을 바라보았다. 멀리 보이는 건물은 높았고, 누군가는 그곳에서 돈을 벌고 있을 테고 누군가는 유람선을 타며 휴식을 즐길 테지만 강물은 너무 깊어서, 아름답게만 보여서 삶이 비애인지 축복인지 가늠하지 못한 채 걷고 또 걸었다.

그리고 어느 날 며칠 휴가를 얻어 비행기를 타고 남쪽 나라 쿠바까지 내려갔다. 그곳 오래된 도시 아바나에서 바다를 보며 내가 가닿지 못한 제주를 생각했고 햇빛이 머무는 작은 무덤을 생각했다. 그리고 오래된 술집에 들어가서 시끄러운, 그야말로 스피커에서 터져 나오는 음악을 들으며 나는 조금 울었다.

그건 내 실패에 대한 기록이었고 정처 없는 여정이었으며 공허함에 대해 내가 할 수 있는 최선이었다. 죽음과 삶을 가로지르는 시간이라는 것. 나는 그 시간에 대해 알지 못했고 죽음 저편에서 머물러 있는 자에 대해 알지 못했으며 살아서 나와 이별한 사람들에 대해 알지 못했다.

박재령은 결국 나를 초라하게, 아니 참담하게 만들었지만 그는 내가 이런 생각을 한다는 것을 전혀 알지 못할 것이다. 이렇게 참는 것이 과연 무엇을 의미하는지 설명할 길이 없어서 나는 쿠바를 떠나, 머물러야 할 공간으로 돌아왔다.

*

결국 돌아와야 한다는 걸 알았다. 돌아오니 조금은 살 것 같았다. 하지만 기다렸다는 듯 명진애가 내 앞에 나타났다. 나는 하루 중에서 노을이 지는 시간을 좋아했는데, 명진애는 내 삶에 재를 뿌리듯 그 시간에 모습을 드러냈다. 그녀는 유모차를 밀면서 다가왔다. 얼굴을 자세히 볼 수는 없었지만 박재령의 아기들이라는 걸 나는 알아보았다. 그들이 남긴 사랑의 결과물이라고 사람들은 말하겠지만 나에게는 길가에서 보는 아기들과 크게 다르지 않았다. 무엇을 말하기 위해 찾아온 건가.

나는 쿠바에서의 짧은 여행을 마치고 어떤 단단함 속에 머물러 있었다. 솔직히 말하면 그녀를 본 순간 부서질 것 같은 느낌에 휩싸였으나 갑자기 찾아온 명진애 앞에서 약한 모습을 보이고 싶지 않았다. 시간 속에서 나는 조금 달라진 것 같았다. 의식적으로 현실을 직시하고 살아가는 것일 수도 있었다. 만약 어떤 피를 물려받은 거라면, 나는 전쟁에서 살아 돌아온 아버지에게 강인함을 물려받았고 결국 먼 바다를 건너 이국으로 넘어온 사람이었다.

물론 명진애도 마찬가지겠지만, 현재 그녀는 표현하고 싶은, 절대적으로 과시하고 싶은 무언가를 지니고 있었다.

나는 사람이 얼마나 잔인해질 수 있는지, 명진애를 통해서 보았다. 과거에 같은 장소에서 일하고 회식을 한 적도 있지만, 사실 그녀와 나 사이에는 아무런 공통점이 없었다. 분명 그녀의 눈에 비친 내 모습은 한 명의 적과 다름없었을 것이다. 그저 넘어서야 할 대상이었고 어쩌

면 방해꾼에 지나지 않았기에 조소와 경멸의 눈빛을 오래도록 보내
온 걸 수도 있었다.

나는 과거에 그걸 미처 알아보지 못하고 한 인간으로 대했던 것이
고 그 눈치 없음으로 인해 오래도록 어려운 시간을 보내야 했다.

오랜만에 들렀어.

명진애는 말했다.

여긴 참 달라진 게 없구나.

나는 아무 대답도 하지 않았다.

전보다 손님이 없구나. 직원들도 많이 바뀌었지? 여기 좀 봐.

그녀는 자신의 아기들을 가리키며 말했지만 나는 눈을 돌리지 않
았다.

웃는 것 좀 봐.

아기들이 웃는 것과 나와는 아무런 관련이 없었다.

좀 전에 분유를 먹였거든.

나는 약간의 미소를 아기들에게 보일 수도 있었으나 마음이 무너
져내릴까 봐 그렇게 할 수 없었다. 결국 명진애는 유모차를 끌고 창가
쪽으로 다가갔다. 그리고 잠시 유모차를 가게에 두고 밖으로 나갔다.
창가로 다가가자 그녀가 밖에서 담배를 피우고 있는 것이 보였다. 어
떤 회한과 아쉬움, 푸념이 섞인 표정을 지으며 그녀는 담배를 입에 물
었다.

저 마른 손가락으로 아기들에게 분유를 먹이고 옷을 입히겠구나.
출산한 지 얼마 되지도 않았는데, 흡연이라니. 좀 그렇지 않은가. 물
론 내게는 그런 말을 할 자격이 없었다.

나는 천천히 유모차 앞으로 다가갔다. 아기들은 입술이 도톰했고 속눈썹이 길었으며 둘 다 흰색 모자를 쓰고 있었다. 두 아기는 서로 비슷해 보일지라도 결국 다른 삶을 살게 될 것이다.

그 순간 아기들의 양말을 벗겨보고 싶은 충동을 느꼈다. 그건 부질 없는 충동에 지나지 않았다. 발가락을 확인한다 해도 달라지는 건 없 었다. 설령 아기들이 울음을 터뜨린다 해도 그건 나와는 상관없는 일 이었다.

차라리 갓 태어난 아기가 아니라 서로 대화할 수 있을 정도의 나이 였다면. 열 살쯤 되는 아이들이었다면 너의 아버지와 나는 친구였어, 하고 얘기할 수도 있었을 텐데. 아니 그렇게 말할 수는 없었을 것이 다. 친구라니. 그게 가능한 일인가. 다행히 유모차에 타고 있는 아기 들은 세상이 온통 장밋빛이라는 듯 그 어떤 의심의 눈길도 없이 나를 바라보고 있었다. 박재령을 닮았구나. 나는 그를 잘 알아. 그렇게 말 하고 싶었으나 나는 슬프게도 웃음만 지을 수밖에 없었다.

밖에 있는 명진애는 누군가 유모차를 끌고 달아나도 모를 만큼 가 게 안을 거들떠보지도 않았다. 저 무심함. 이 나라에서 아기를 방치한 다는 건 죄가 된다는 것을 잘 알고 있을 텐데.

과거, 그녀에게는 어떤 병적인 면이 존재했다. 이곳에서 일할 때, 어쩐지 투쟁하는 느낌을 자아냈다. 뭔가에 압박을 받는 느낌이 있었 다. 그녀는 몰락한 가문에서 태어난 여자 같았다. 허영이라고 부르긴 어려운, 그것과는 다른 무엇이 있었다. 시간이 흐르면 누구나 늙기 마 련이지만 그녀는 여전히 어떤 투쟁 속에서 살아가는 듯했다.

손에 총과 칼을 들지 않았을 뿐 뭔가 중요한 것을 도적질할 것 같은 이미지를 풍겼다. 어쩌면 내가 너무 예민하게 본 걸 수도 있었다. 그녀는 남의 것을 빼앗은 게 아니라 원래 자신의 것이었다고 굳게 믿고 있을 터였다.

쿠바에서 돌아온 지 얼마 되지 않은 탓에, 나에겐 깊은 피로와 고단함이 남아 있었다. 집 안에서도 저렇게 흡연을 할까. 박재령은 과연 그것을 견딜 수 있을까. 그의 성격으로는 몹시 괴로워할 테고 상대를 자제시키기 위해 많은 노력을 할 텐데. 타인의 습성을 바꿀 수 없다는 걸 알면서도 그는 끝내 명진애를 일으키려 했을 것이다.

명진애가 다시 가게 안으로 들어왔을 때, 실내의 공기가 달라진 것 같았다.

너어.

유모차를 끌고 오면서 명진애가 건넨 말이었다.

너도 참 많이 변했구나. 피부가.

그녀는 작정하고 꺼낸 말이라는 듯 나를 뚫어지게 쳐다보았고 나는 그녀의 손가락을 바라보았다. 서로에게 얻을 건 없었다. 비난이나 적대감 같은 건 나눌 기운이 없었으므로 그녀를 돌려보내고 싶었다. 이곳은 명진애의 옛 일터에 지나지 않았다. 자신의 남편을 만난 공간. 그 시간을 증명하는 장소에 지나지 않았다. 만약 명진애가 지금 행복하다면 이곳에 찾아올 이유가 없을 텐데. 그 순간 나는 어떤 변화가, 어떤 균열이 그들 사이에 스몄는지도 모른다고 직감했다. 그때 갑자기 유모차에 타고 있던 쌍둥이 아기들이 일제히 울음을 터뜨렸다.

그만 가라.

나는 속에 있던 그 말을 끝내 할 수 없었다. 명진애는 아기들을 달래면서 밖으로 나가려 했다. 그녀와 나는 완전히 다른 사람들이었다. 슬프지만 박재령은 나보다 저 유모차에 탄 아기들을 더 필요로 할 것이다.

어쩌면 내가 그에게 마음을 기댄 것은 외로움 때문일 수도 있었다. 춥고 자주 마음이 부서지는 것을 느꼈기에 그가 권유하는 술잔을 거절하지 못한 걸 수도 있었다.

술은 좀 마시니?

언젠가 그가 말했을 때, 내 앞에 어떤 일들이 펼쳐질지 예상할 수 없었다. 삶이란 누구에게나 그런 것이겠지만 내가 예상할 수 없는 또 다른 일들이 벌어지고 있을 것이다. 불확실하다는 것. 틀어지고 변환한다는 것. 계속 변화해간다는 것. 밤이 오고 다시 아침이 온다는 것.

내가 기댈 수 있는 건 유일하게도 시간밖에 없었다.

사랑이 계속되고 있다.

부정하고 싶었지만 내 마음 안에서 심장 안에서, 아니 손가락, 아니 어떤 실핏줄 안에서 사랑이 계속되고 있었다. 그렇다면 정맥 사이에 사랑이? 내가 매일 오가는 길가에, 거리에서 보았던 연약한 풀 속에, 나의 눈빛 속에, 오래전에 내가 마셨던 술잔 속에, 내가 떠올렸던 무덤 속에, 떨리는 음성 속에 누군가에 대한 사랑이 계속되고 있었다. 참담했다.

적군이 내 모습을 확인하고 갔음에도 불구하고, 총성을 들려주고 갔음에도 불구하고, 그녀가 오갔던 바람이 나에게 스며들었고, 그 적의와 권태와 부질없음과 의지와 맹렬함과 광기와 불빛을 보여주고 갔음에도 불구하고 슬프게도 사랑은 계속되고 있었다.

누군가는 미쳤다고 하겠지만, 결국 남의 남자를 사랑하는 거라고 비난할 수 있겠지만 그 미쳐가는 것에 대해서 나도 조금은 알고 있었다. 모든 사랑은 슬픔을 동반하는 것 아닌가. 광기를 동반하는 것 아닌가. 열렬히 구애한다 해도 결국 시간 속에서 끝나버린다. 삶은 그냥 내버려두지 않는다.

한때, 비슷한 성향의 두 사람이 만나는 것이 가장 큰 축복이라는 글을 본 적이 있다. 그러나 우주는 그들을 그냥 만나게 내버려두지 않는다는 글을 본 적이 있다. 그 글을 쓴 사람은 훗날 자살을 선택했다.

어떤 호흡, 나는 오래전에 이별했음에도 불구하고 그날 가장 깊고 아프게 박재령을 그리워했다. 나의 염원은 공기 속으로 사라져버리고, 내가 간절히 그리워했던 그 시간에 그는 자신의 아기들과 충만한 시간을 보내기를, 그렇게 되기를 나는 기도했다.

나의 바람에도 불구하고 명진애는 자주 내 앞에 나타났다. 결혼한 건 큰 장애가 되지 않는다는 듯 그녀는 옛 친구들과 커피를 마시고 노닥거렸고 늦은 밤에 맥주를 마시기도 했다.

언제 보스턴으로 돌아가나. 나는 그녀의 행동이 이해되지 않았다. 거리를 오갈 때, 창가 쪽에서 턱을 괴고 잡담하는 명진애의 모습을 볼 때, 나는 그녀가 참 많은 것을 가졌다고 생각했다.

쌍둥이는 얌전히 잠들어 있었다. 사람들이 많이 오가는 곳에 저리 순하게 잠들어 있다니. 나는 가게 안으로 들어가 아기들을 깨우고 싶었지만 차마 그럴 수 없었다.

명진애가 친구들과 맥주잔을 부딪칠 때, 나는 그녀의 웃음이 조금

과장되었다고 느꼈다. 단지 보이는 것으로 이면을 판단하기에는 무리가 있었다. 명진애가 박재령을 따라서 큰아버지 댁에 인사를 왔을 때, 그때의 표정과 친구들과 함께 있을 때의 표정은 확연히 달랐다. 친구들과 있을 때는 아무것도 거리낄 게 없다는 듯 호탕했고 자유분방했다.

여전히 그녀의 친구들은 가벼워 보였고 즐기는 것만이 유일한 인생이라는 듯 명진애를 붙잡고 있었다. 나는 몹시도 쓸쓸했다.

과거에 명진애가 나를 쫓아왔고 멀리서 나를 지켜봤다면 이제는 시간이 흘러 그 반대가 되어 있었다. 내가 어정쩡한 자세로 서 있을 때, 명진애의 친구가 나를 쳐다보았고 명진애가 나를 바라보았다. 그들은 작정한 듯 비웃고 있었다. 나는 비로소 발길을 옮길 수 있었다.

명진애는 4월에 태어난 무술일주였다. 전체적으로 흙의 기운이 지나치게 많았고 조열한 사주였다. 금이 부족했고 나무가 없었다. 비견 겁재가 지나치게 많았고 식신이 없었다. 식신은 곧 활동성이자 창의성을 의미하는데, 그것은 자식과도 밀접한 관련이 있었다. 과연 자식에게도 사랑을 줄 수 있을 것인가. 직업적으로는 사람을 살릴 수 있는 법관이나 경찰 쪽이 어울리지만 일지와 시지에 술토와 미토가 있는 걸로 보아, 미술과도 어울려 보였다. 술미, 즉 거꾸로 표현한다면 미술을 의미했다. 그녀가 과연 아이들을 낳은 후에 자신의 재능을 살려 그쪽 일을 계속할지 알 수는 없으나 어쩐지 그것은 쉽지 않아 보였다. 사주팔자의 천간에는 재가 떠 있었다. 재는 곧 돈이자 현실을 의미하기도 했다.

자본주의에서 돈은 중요한 것이었다. 누군가의 희생에 의해, 노동력에 의해 돈이 창출되는 것이라 할지라도 현실과는 뗄 수 없는 것이었다.

가난을 겪어본 사람은 돈의 중요성을 알고, 풍족해본 사람은 그만큼 마음의 여유가 있기 마련이었다. 세상은 다양해서 많은 돈을 갖고 있어도 절약하기 위해 외투 한 벌로 지내는 사람도 있기 마련이었다. 궁핍한 상황에서도 남들에게 보이는 걸 중요시하는 사람도 있기 마련이었다. 무엇이 옳고 그르다고 말할 수는 없으나 명진애는 박재령이 어떤 사람인지 이미 다 파악하고 선택한 경우였다. 그들의 만남이 운명이라면 나는 그 만남에 대해 함부로 평가하고 싶지 않았다.

어느 주말 저녁에 갑자기 명진애는 유모차를 끌고 큰아버지 댁을 찾아왔다. 큰아버지 부부는 몹시 당혹스러워하는 눈치였다.

가족들이 식사를 마칠 때까지 명진애는 소파에 앉아 있었다. 나는 그녀를 본 순간 밥을 먹는 게 아니라 돌을 씹는 것 같았고 결국 서둘러 자리에서 일어났다. 내가 이층으로 올라가려 하자 큰아버지는 함께 있자며 나를 붙잡았다. 내가 명진애에게 차를 한잔 대접하는 동안 박재령의 아기들은 거실 소파에 나란히 누워 있었다. 낯선 장소인데도 아기들은 울지 않았다.

용건이 있어서 왔어요. 아기들 사주 좀 봐주세요.

명진애가 말했다.

신생아 사주는 안 보네.

다른 데서는 봐주던데요? 한번 봤는데 안 좋다 해서 왔어요. 안 좋으면 부적이라도 쓰려고요.

명진애는 여전히 거침이 없었다. 신생아 사주를 봐달라니. 그녀는 큰아버지가 어떤 사람인지 모르고 있었다. 어쩌면 일부러 그러는 걸 수도 있었다. 외면받으려고 미운 짓만 골라서 하는 걸까.

저에겐 얘네들이 전부예요.

나는 그 말을 믿을 수 없었다. 아기가 전부인 사람이 그 애들을 내팽개치고 밖으로 나가서 담배를 피우나. 아니 담배 피우는 걸 나무랄 수는 없는 일이었다. 하지만 나는 그녀가 뭔가 감추고 있다는 것을 알았다.

잘못 찾아왔어.

큰아버지는 말했다.

그럼, 이름이라도 바꿔주세요. 네?

명진애는 떼를 쓰듯이 큰아버지에게 부탁했다. 그녀는 큰아버지에게 이름을 바꿔주는 취미가 있지 않느냐고 당돌하게 말했다. 큰아버지는 자리에서 일어서려고 했다.

재령 씨가 지어준 이름인데, 맘에 안 들어서 그래요.

돌아가지.

너무 늦은 시간이에요. 보스턴으로 가기엔.

그건 자네가 알아서 할 일이고.

그 사람, 제대로 공부한 거 맞아요?

제대로라니?

언젠가 저에게 그랬거든요. 돈을 많이 벌 거라고요. 그런데 아닌 것 같아서요. 그이가 일부러 거짓말을 한 것 같아요. 좀 이상하다는 생각이 드는데, 신생아 사주를 안 보시면 제 거라도 좀 봐주세요.

뭐가 그리 궁금한가?

제 생년월일 아시죠?

내가 어찌 알겠나?

그이가 말해주지 않았어요?

그런 일은 없었어.

태어난 해를 얘기할까요? 시간까지 말해야 하죠? 정사년에 태어났어요. 뱀띠요.

요즘은 사람들 사주를 보는 게 힘들어.

잘 보신다면서 뭐가 힘들어요?

집중도 잘 안 되고.

몇 분 집중하는 게 힘든 일인가요?

사람이라면 지칠 때가 있지 않겠나.

대충이라도 봐주시면 안 돼요?

그만하지.

앞으로 돈을 좀 많이 만질 수 있는지 그것만 얘기해주세요.

돈이 그렇게 필요한가?

당연한 거 아니에요?

돈을 좀 많이 만질 수 있는 직업을 택하지 그랬나? 그게 아니면 돈 많은 남편을 만나지 그랬어? 재령은 공부하는 사람 아닌가? 학자가 될 사람 아닌가?

그거야 뭐, 맘대로 되는 일이던가요. 팔자에 남편까지 나와 있다면서요. 제 맘대로 되는 일이에요? 그게?

명진애는 뭔가 투정을 부리듯 대꾸했다.

세상일이 다 뜻대로 되는 건 아니잖아요. 운명이라는 게 있다 해도 노력해서 잘 개척해가야 하지 않겠어요?

그건 그렇지만.

이럴 줄 알았으면 저도 옆에서 배울걸 그랬어요.

지금이라도 늦지 않았네.

좀 가르쳐주시겠어요?

혼자 공부하게나. 마음공부를 해.

어디서부터 시작해야 하는 건데요? 너무하신 거 아니에요? 차별하시네요.

잠시 후 그녀는 나를 쏘아보았고 몹시 자존심이 상한 표정으로 아기들을 달랬다.

여기 오는데, 용기가 필요했어요. 저라고 뭐 그렇게 뻔뻔한 사람인 줄 아세요? 다 생각이 있어서 왔다고요.

명진애는 정말 중요한 게 남았다는 듯 나를 쳐다보았다.

한번 안아볼래?

갑자기 그녀가 나에게 물었다. 가족들이 일제히 나를 쳐다보았고 나는 선뜻 그 앞으로 다가가지 않았다. 아기들을 가슴에 안는다는 건 스스로에게 좀 잔인한 일이 될 것이기에 피해야 했다.

그럼 다른 데로 가봐야겠네요.

그 상황을 옆에서 보던 큰어머니는 더는 못 견디겠다는 듯 어서 일어나, 하고 명진애에게 싸늘하게 말했다. 명진애는 어쩔 수 없다는 듯 아기들을 달래며 자리에서 일어섰다.

예전부터 여기에 와보고 싶었어요. 그때는 그이와 같이 와서 얘기를 못 했지만.

또 기회가 있지 않겠나.

그럼 안 풀리는 일 있으면 그때 다시 와도 되죠?

재령이와 상의하게. 도움이 될 걸세.

큰아버지의 말에 명진애는 흐응, 하는 콧소리를 냈고 서둘러 걸음을 옮겼다. 유모차를 끌고 밖으로 나가는 데에도 시간이 꽤 걸렸다. 명진애와 아기들이 지나간 자리. 서늘한 바람이 훑고 지나간 것만 같았다.

그녀가 밖으로 나간 뒤 큰아버지 부부는 아무 말도 하지 않았다. 인생의 비의에 대해 안다는 듯 큰아버지는 근심스러운 표정을 지으며 창밖을 내다보았다. 혹시라도 명진애가 다시 돌아올까 봐 걱정스러워하며 오랜 시간 창가에 머물러 있었다.

그로부터 얼마 후 명진애에 대한 소식을 들었다. 갑작스럽게 쌍둥이를 데리고 한국으로 들어갔다고 했다.

박재령을 남겨둔 채.

잠시 처리해야 할 일이 있어서 한국으로 간 게 아니라, 어느 날 갑자기 통보도 하지 않고 그대로 비행기를 타버렸다고 했다.

혹시 그들 사이에 무슨 일이라도 있었던 걸까. 흔히 부부는 서로 싸우면서도 시간이 흐르면 화해를 한다. 많은 사람들이 그런 과정을 겪고 있었다. 그렇다고 박재령이 아내에게 먼저 시비를 거는 사람은 아니었다. 그는 온순한 사람이었고 갈등 자체를 기피하는 사람이었다.

흐르는 물 같았고 가을날의 이슬 같았던 사람이었다. 그런 사람이 아내와 다툰다는 건 상상하기 어려웠다. 그는 어릴 적 부모가 갈등하는 모습을 많이 봤고 거기에서 상처를 받았으며 아이들에게는 그런 모습을 물려주지 않으려 했을 것이다. 그는 자신을 다스릴 줄 알았고 사람에 대해 애정이 있던 사람이었다. 그렇다고 여자 문제를 일으킬 사람도 아니었다. 옆에서 아내가 두 눈을 크게 뜨고 지켜보고 있을 텐데. 그럴 여유는 없었을 것이다.

명진애가 박재령을 두고 한국으로 가버렸다는 소식을 들었을 때, 나는 착잡한 마음을 숨길 수 없었다. 그 소식을 전한 사람은 명진애의 결혼식에 참석했던 직원이었다. 명진애는 쪽지 한 장만 박재령에게 남긴 채 떠나버렸다고 했다.

그 직원 말에 의하면 이따금 명진애가 자신에게 연락을 해왔다고 했다. 그 직원은 남자였고 이미 결혼한 상태였으므로 전화를 받는 건 곤란했다.

같이 일할 때 농담하며 친밀하게 지냈을 뿐인데, 갑작스럽게 연락을 하는 게 편치 않았고 그래서 연락을 피한 적도 있었다. 그러다 아내의 의심을 받았고 결국 오해를 풀기는 했지만 명진애와는 거리를 두려고 했다.

무엇을 알리기 위해 연락한 걸까. 만약 남편에게 충족감과 위안을 얻었다면, 늦은 시간에 다른 사람에게 전화하지는 않았을 것이다. 어디까지나 그건 그녀 본연의 문제였다.

처음부터 느낌이 좋지 않았어. 재령이 타입이 전혀 아니잖아.

그 직원은 무심코 말했는데, 그건 다른 직원도 동의하는 바였다. 그렇다면 나는 재령의 타입인가. 그 녀석은 여자를 그렇게 좋아하지 않아. 누군가 말했고 여자 안 좋아하는 남자가 어딨어, 하고 누군가 쏘아붙였다. 아마 그랬을 것이다. 박재령은 다른 남자들에 비해 여자에 대한 강렬한 욕구를 지닌 사람처럼 보이지는 않았다.

다만 그는 어떤 사물처럼, 어떤 풍경처럼 세계 속에 조용히 머물러 있었다. 명진애가 그의 삶 속으로 걸어 들어간 셈인데, 나는 그가 어떤 모습으로 살아가는지 전혀 알지 못했다. 아내가 없다고 해서 그가 오래전 자신의 일터로 찾아올 사람도 아니었다.

박재령의 소식을 큰아버지 부부도 알고 있는 눈치였다. 마지막으로 박재령을 만난 건 명진애가 임신했을 때였으니, 이미 많은 시간이 지나 있었다. 무슨 일인지 그는 이후로 소식을 끊어버렸다. 큰어머니가 박재령 얘기를 할 때면 큰아버지는 뭔가 소중한 것을 잃었다는 듯 쓸쓸한 표정을 지었다.

어차피, 남이잖아요.

큰어머니가 말했을 때, 큰아버지는 대꾸조차 하지 않았다.

당신은 너무, 그 애를 좋아했어요. 그거 알아요?

큰아버지는 대답하지 않았다.

물론 나도 좋아했지요. 당신은 그 애들이 그리될 줄 알았지요?

큰아버지는 그 어떤 인연에 대해서는 함구하겠다는 듯 입을 다물었다. 그는 전보다 더 쓸쓸해 보였다. 세월 속에서 자유로울 수 없는지, 얼굴에 주름살이 늘어났으며 강인함 같은 건 조금씩 사라져가고 있었다.

큰아버지는 이따금 창밖을 내다보며 깊은 한숨을 내쉬었는데, 무엇을 추억하는 건지, 삶에 대한 회한 때문인지, 막내동생의 죽음 때문인지, 그것도 아니면 딸의 이혼 때문인지 어깨를 수그린 채 걸었고 사람들 만나는 것조차 기피했다. 과거에 크게 한번 실패를 겪기는 했지만, 그로 인해 사주 명리에 깊이 빠져들었지만 그는 추락한 게 아니라 다시 사업을 일으켰고 주변 사람들에게 존경을 받고 있었다.

큰아버지의 품성. 내가 그의 집에 얹혀 있어도 그는 단 한 번도 나에게 잔소리를 하거나 무례한 말을 한 적이 없었다. 그에겐 어떤 통찰, 사람을 헤아리는 면이 있었고 너그러움과 꼿꼿함, 자존심 같은 게 배어 있었다.

만약 그가 경제적으로 풍요롭지 않다 하더라도, 어느 날 전 재산을 모두 도둑맞는다 하더라도 그에게서 풍기는 품격은 사라지지 않을 듯했다.

나는 그에게서 인생을 배웠고 삶의 깊이를 배운 셈이었다. 비록 큰아버지와 내가 다정하게 마주 앉아 술을 마시거나 서로에 대해 깊이 얘기하거나 앞날에 대해 토론한 적은 없었으나 우리는 같은 배를 탄 사람이었고 만약 내가 물에 빠진다면 그는 나에게 구명보트라도 던져줄 사람이었다.

그렇다고 전적으로 내가 그를 의지하는 건 미안한 일이었다. 나는 조카일 뿐, 그에게는 아내와 딸이 곁에 있었고 그래서 늘 조심스러울 수밖에 없었다. 사촌언니가 결혼생활에서 실패하고 돌아온 이후, 큰아버지 부부는 어느 정도 삶에 대해 체념한 것처럼 보였다. 운명이 그러하다면 받아들일 수밖에 없다는 듯 사촌언니에게 어떤 유산 같은 것을 물려주려고 했다. 타국에서도 돈이 있어야 살아갈 수 있었다.

큰아버지가 가지고 있는 것은 중소기업, 플러싱에 있는 집 한 채, 큰어머니가 운영하는 푸드 코트, 그게 전부였다. 그것은 그들의 땀과 피였고 살아가게 하는 원동력이었다. 비록 과거에 사람들에게 배신을 당하기도 하고 죽을 뻔한 고비에서 살아나기도 했지만 아직 살아야 할 날들은 많이 남아 있었다.

나는 이따금 가게를 드나들면서, 외출하기 위해 집을 나서면서 다른 곳으로 갈 수도 있겠다는 생각을 했다. 어느 날 무작정 그분들이 나에게 이제 그만 나가라, 그런 말을 대놓고 하지는 않겠지만 인생에서 선택을 해야만 하는 순간이 올 수도 있었다.

황성 옛터에 밤이 되니
월색만 고요해

폐허에 서린 회포를
말하여 주노라

아 외로운 저 나그네
홀로 잠 못 이뤄

구슬픈 벌레 소리에
말없이 눈물져요

거실에선 큰아버지가 즐겨 듣던 노래 〈황성옛터〉가 흘러나왔다.

어쩐지 빗물에 흠뻑 젖은 구슬픈 음색이었다. 큰아버지는 소파에 기대어 눈을 감고 음악을 들었다. 어쩌면 생각에 잠긴 걸 수도 있었다.

*

큰아버지가 위암 판정을 받은 건 봄이 막 지나갈 무렵이었다. 이따금 등이 아프다고, 소화가 잘 안 된다고 말한 적은 있었지만 큰어머니는 그저 나이 든 사람의 푸념으로 받아들인 모양이었다. 워낙 일이 많고 바쁘다 보니 식사를 제대로 챙겨주지 못했고 큰아버지 역시 밖에서 사먹고 돌아올 때가 많았다. 그러다가 우연히 받은 건강검진에서 위암 말기 판정을 받고 가족들은 큰 충격에 빠졌다. 의사는 어느 정도 준비를 하는 게 좋겠다는 얘기를 가족들에게 전했다.

큰아버지는 한동안 아무 말도 하지 않았고 조용히 자신의 방을 정리했고, 큰어머니는 갑자기 무슨 짓이냐고 버럭 소리를 질렀다. 의사의 오진이 분명하다고 화를 냈다. 가족들 모두 오진이 아니라는 걸 알고 있었다. 다른 병원에서도 같은 결과를 받았고 그 이후 집 안에는 적막이 흘렀다. 이제 기다리는 것은 죽음뿐이라는 듯 그 누구도 좀처럼 말소리를 내지 않았다.

사촌언니는 자신의 이혼으로 인해 아버지가 병을 얻었다고 생각했는지, 모든 것을 자신의 탓으로 돌리려 했다. 그때에도 큰아버지는 별 반응이 없었다. 창밖으로 해가 지고 있었다. 큰아버지 가족은 앞날에 대해서 염려했으나 그것은 염려한다고 해서 해결되는 문제는 아니었다. 결국 그 길뿐이었을까.

나는 그동안 큰아버지에게 빚을 진 셈이었고 뭔가 돌려드리고 싶었으나 방법을 알지 못해서 죄책감을 느껴야 했다. 만약 그가 나에게 손을 내밀지 않았다면 나는 지금쯤 한국에서 몹시 가난한 상태로, 아주 불행한 삶을 살고 있을 게 틀림없었다. 큰아버지의 조언대로 먼 바다를 건너왔고 세월이 흘러 돈을 조금씩 모았고 어느 정도 마음의 안정을 찾는 듯했으나 인생은 내가 원하는 방향으로 흐르지 않았다. 한국에 있었다면 떠나간 자를 잊지 못해 괴로워했을 것이며 아무런 목적 없이 살았을 것이다. 지금도 크게 다르지 않지만 나는 큰아버지에게 중요한 뭔가를 물려받았고 그로 인해 내 인생이 조금 변해왔다는 생각이 들었다.

무엇이었을까.

이국의 공기. 누군가는 나에게 팔자 좋게, 친척 어른을 잘 만나 호강하고 있다고 비아냥거릴 수도 있지만 여기에서는 누구도 그렇게 말하는 사람은 없었다. 큰아버지가 나에게 어떤 호의를 베풀었다면 그건 분명 자신의 막내동생 때문일 텐데. 나의 아버지였던 사람에게 해줄 수 있었던 마지막 선물이라고 생각했을 텐데. 나는 고마움도 제대로 느끼지 못하고, 너무 지쳐서 주위를 둘러보지도 못하고 살아가고 있었다.

암 말기라고 했으니 짧으면 몇 달, 길어도 1년을 넘기지 못할 터였다. 나는 목숨이라는 게, 사람의 운명이라는 게 두려워지기 시작했다. 어쩌면 큰아버지는 자신이 언제쯤 세상을 떠날지 전부터 예감하고 있었을 수도 있다. 죽음을 예견하는 건 뛰어난 예지력을 가진 사람들만 할 수 있다는데, 엄밀히 말하면 큰아버지는 역술가는 아니었고 혼자서 책을 읽고 공부한 사람이었다. 인연이 닿는 사람들의 사주팔자를 봐주긴 했지만 돈을 받는 사람은 아니었다. 이민 와서 중소기업을 운영하는 사람일 뿐이었다. 외국에 와서 사기당하고 좌절하는 수많은 사람들에 비하면 큰아버지는 비교적 자리를 잘 잡은 편이었지만 그렇다고 부유하다고 말하기는 어려웠다.

부유한 사람은 따로 있었다. 수백억의 재산을 가지고 있는 둘째 큰아버지. 그는 똑같이 이민을 왔음에도 불구하고 타고난 머리와 수완으로 인해서 떵떵거리며 살아가고 있었다. 그는 형의 모습을 탐탁지 않게 여겼으며 동생과는 늘 부딪혔고 역술가였던 자신의 아버지를 부끄러워했다. 무엇이 떳떳하고 무엇이 떳떳하지 않은가.

무엇이 비굴한가.

나는 그들의 삶을, 그들의 시간을 알 수 없었기에 가족들 사이에서 어떤 갈등이 있었는지 알 길이 없었다. 둘째 큰아버지는 분명 자신의 동생까지도 조롱했을 테고, 나의 아버지는 그 속에서 깊은 상처를 받았을 것이다. 둘째 큰아버지의 눈에 형제들의 모습이 그렇게 못나 보였다면 나로서는 할 말이 없었다.

다 자신만의 그릇이 있을 뿐이지. 그런 생각을 할 수밖에 없었다. 그러나 부자들이라 할지라도 백 년도 채 되지 않는 삶을 살 테고, 결국 혼자 관 속으로 들어가기는 마찬가지일 것이다.

큰아버지는 자신의 동생에게 아무것도 알리지 않았다. 현재 건강 상태와 병의 진행 속도, 현재의 심경이나 추후에 수습할 일들에 대해 전혀 말하지 않았다. 설령 알린다 해도 둘째 큰아버지가 달리 손을 쓸 방도는 없었을 것이다.

다만 큰아버지는 박재령을 한번 만나고 싶어 했는데, 섣불리 먼저 연락하는 것을 꺼리는 것 같았다. 그렇다고 내가 먼저 그에게 전화를 걸 수도 없는 입장이었다. 아무 일도 없다는 듯이 전화를 걸어서 한번 오세요, 하고 말할 수는 없었다. 어떻게 그에게 그런 말을 전한다는 말인가. 자신이 없었다.

그게 뭐 어려운 일이라고 연락을 못 해요?

사촌언니는 가족들 앞에서 그렇게 말했지만 막상 그에게 와달라는 얘기를 꺼내지 못한 것 같았다. 아무래도 그쪽 사정도 좋지 않으니 이쪽 얘기를 하기 꺼려진 모양이었다. 그래도 큰아버지와 박재령의 인연이 깊었으니만큼 병세가 심각해지는 사이 그는 한번 찾아와야만 했다. 그게 함께했던 시간에 대한 최소한의 예의였다.

사촌언니는 한번 와달라는 얘기를 전했다. 암 말기라는 얘기는 굳이 하지 않았다. 그 정도만 전해도 박재령은 알아들을 것이며 곧 집으로 찾아올 것이다. 그러나 며칠이 지나도 박재령은 소식이 없었다.

큰아버지는 마지막까지 병원에 가지 않고 그 어떤 치료도 거부한 채 집에서 지내겠다고 의사를 밝혔고, 결국 가족들도 그에 동의했다. 하루가 지나고 이틀이 지나고 주말이 지나갔는데도 박재령은 찾아오지 않았다. 그는 외면하고 있었다.

아니 나는 그렇게 받아들이고 싶지 않았다. 분명 그에게도 어떤 말 못 할 이유가 있으리라고 생각했다. 다만 시간이 더 흘러 큰아버지가 세상을 떠나기 전에는 한번 찾아와야 한다고 생각했다. 급기야 큰어머니가 그에게 연락을 했다.

한번, 와라.

큰어머니는 짧게 말했다. 그 어떤 말도 필요하지 않았다. 한번 와야 한다.

박재령은 알겠다고 대답한 뒤 전화를 끊었다. 그동안 그에게는 무슨 일이 있었던 걸까. 큰아버지가 병을 앓는 동안 박재령은 어떻게 지냈던 걸까. 한국으로 갔던 명진애는 다시 돌아오지 않은 걸까. 아무래도 그런 것 같았다. 그러지 않고서는 그가 연락을 끊을 이유가 없었다.

그가 만약 불행을 겪었다면 적어도 가까웠던 사람들에게는 그 불행을 알리고 싶지 않았을 것이다. 나는 박재령을 충분히 이해했다. 굳이 그의 현재를 들여다보고 상처를 헤집고 싶지 않았다. 나는 시간 속에서 단련되어가고 있었으나 아무래도 그는 그렇지 않은 것 같았다.

함께했던 추억. 그 시간.

그 모든 게 이 집 안에 있었다.

큰어머니가 그에게 전화하고 정확히 사흘 후에 박재령이 찾아왔다. 그 며칠 사이가 고통이었다는 듯 큰아버지의 안색은 몹시 어두워져 있었다. 그의 몸은 이제 노쇠해져서 걸음걸이에도 힘이 없었고 실내에서 오가는 것마저 버거운지 가족들에게 물 좀 달라며 손을 내저었다. 그때 박재령이 거실로 들어왔다.

그는 전보다 살이 더 빠져 있었다. 그사이 안경테가 바뀌었고 헤어스타일도 조금 바뀌어 있었다. 나는 그와 마주친 순간, 한겨울에 맨손으로 얼음을 만진 것 같은 추위를 느꼈고 그 느닷없는 추위를 피하기 위해 한 걸음 물러섰다.

박재령은 나를 잠시 바라본 후에 큰아버지 곁으로 다가갔다. 그가 이곳에 찾아온 것은 나를 만나기 위한 것이 아니라 다른 이유 때문이었다. 나는 그것을 잘 알고 있었다. 그러나 너무 아쉽지 않은가. 나는 다가가지 못한 채 큰아버지 곁에 있는 그를 바라보았다.

왔어, 재령이.

큰어머니가 말했고 큰아버지가 뒤를 돌아보았다. 막 거실 소파에 누우려던 큰아버지는 다시 큰어머니의 부축을 받으며 자리에 앉았다.

큰아버지는 박재령을 향해 손짓했고 그는 다가가서 큰아버지의 손을 잡았다. 오랫동안 떨어져 있던 부모와 자식처럼 그들 사이에는 어떤 애틋함, 아니 어떤 애절함 같은 것이 있었다. 큰아버지는 그간 고생이 많았다는 듯 박재령의 손을 부여잡았다. 그래, 고생했을 것이다. 마치 전쟁터에 나갔다가 돌아온 병사 대하듯 큰아버지는 그를 애달프게 바라보았다. 위로받아야 할 사람이 오히려 박재령인 것처럼 연신 고개를 끄덕이면서 그를 맞이했다.

재령이, 왔어.

큰아버지가 그의 이름을 부를 때, 내게는 그것이 사람이 아니라 오래전 그가 태어난 고향을 부르는 것으로 들렸다. 재령이, 왔어. 재령에 왔어. 멀리 이북에 있는 자신의 고향을 가리키듯 큰아버지는 여운을 주어 발음했고 박재령은 송구스럽다는 듯 고개를 숙였다.

그가 죄를 지은 것도 아니고 부끄러워할 일도 아니었다. 박재령은 그동안 못 찾아와서 죄송하다는 말을 했지만, 곁에 있던 사람들은 그가 왜 찾아오지 않았는지 이미 짐작하고 있었다. 현재가 불행하다면 과거로 돌아갈 수 없었다. 아니 과거에 알았던 사람들 곁으로 갈 수 없었다. 나는 그러한 사실을 누구보다 잘 알았으므 박재령을 향해 비난할 생각이 없었다.

한때 다시는 그를 보지 않기를 염원한 적이 있었다. 아니 그때에도 마음속 한편으로는 다시 그를 만나게 되기를 염원했다. 보고 싶은 마음과 보고 싶지 않은 마음 사이에서 갈등했고 어떤 길이 옳은지 알지 못해서 서성였고 밤을 새웠고 거리를 걸었지만 그 누구도 나에게 길을 제시해주지 않았다.

큰어머니는 부엌에서 과일과 차를 가져와 박재령에게 내밀었다. 그는 예나 지금이나 손님이었고 가족이 될 수는 없는 사이였다. 한때 가까이 지낸 적은 있었으나 큰아버지는 박재령에게 그 어떤 부담도 주지 않으려는 듯 그를 쳐다보며 말했다.

바쁠 텐데, 어떻게 왔니.

조금은 떨리는 목소리였다. 힘이 없는, 어딘가에 기대야 할 것 같은 목소리였다. 나는 한때 깊이 사랑했던 사람의 곁에서, 나를 도와주었던 큰아버지의 젊은 날에 대해 생각했다. 아니 그의 인생 전체에 대해 생각했다.

황해도 재령. 내가 단 한 번도 가본 적이 없는, 아니 앞으로도 언제쯤 가보게 될지 예상할 수 없는 그곳에서 태어난 사람. 어떤 곡절을 건너 멀리 이국까지 와버렸나. 이곳에서 돈을 벌고 사람을 만나고 사업을 하고 병을 얻어 인생을 마무리하려고 했나. 거기에는 슬픔이, 거기에는 위로가, 거기에는 폐허가, 갈등과 화합이, 어떤 제어가, 어떤 평화가 있을지 모르겠으나 그의 시간은 아주 빠르게 흘러갔다. 큰어머니는 그의 시간이 어떻게 변주되어 흘러왔는지 옆에서 다 지켜봤겠지만, 그래서 할 말이 아주 많겠지만 그저 아무 말 없이 큰아버지를 담담하게 바라보았다. 호들갑을 떤다고 해서, 환자 옆에서 통곡한다고 해서 몸속의 암이 사라지는 것도, 죽음을 늦출 수 있는 것도 아니었다. 큰어머니는 그것을 알고 있었고 최대한 담담하게 손님을 맞이하려고 했다.

그렇다면 박재령은 어떠했을까.

나는 불과 몇 분 사이, 한 걸음 떨어져 그의 모습을 바라보면서 명진애가 돌아오지 않았다는 걸 직감했다. 여자가 옆에 없어도 그는 늘 깔끔한 차림으로 다니는 사람이었다. 적어도 옷차림에서는 허술한 면이 보이지 않았고 길에서 파는 티셔츠를 입고 있었지만 초라해 보이지 않았다. 그러나 어쩐지 나는 그가 혼자 살아가고 있다는 느낌을 피할 수 없었다. 가족이 떠나가버렸다는 것을 받아들인 채 지금도 계속 공부를 하고 있을까. 멀리 가버린 그의 아기들이 생각나지 않을까.

나는 어찌하여 그토록 원했던 박재령을 두고 멀리 가버릴 수밖에 없었는지, 명진애의 속내가 궁금해졌다. 한 사람의 삶을 부숴버리겠다는 작정을 한 것도 아닐 테고, 어째서 그렇게 잔인한 행동을 할 수밖에 없었는지 궁금해졌다. 그녀는 나에게 솔직히 털어놓지 않겠지만, 그게 너하고 무슨 상관이냐고 되묻겠지만, 얘기를 한번 들어보고 싶었다.

박재령은 그동안의 삶이 너무 고단했다는 듯 깊은 한숨을 내쉬며 차를 한잔 마셨다. 그는 큰아버지에게 아무것도 묻지 않았고 이따금 창밖을 쳐다보았다.

저, 나무 그대로군요.

박재령은 밖에 있는 목련 나무를 향해 말했다. 이미 목련 꽃잎은 떨어져 있었다.

꽃이 금방 져. 나는 목련이 싫어.

큰어머니는 기다렸다는 듯 대꾸했다.

여기는 그대로군요.

아니야. 네가 없으니까 허전해.

큰어머니는 일부러 작정한 듯 그렇게 말했다. 그때 박재령이 처음으로 조금 미소를 지었고 나는 그 미소를 놓치지 않고 바라보았다.

오랜만이구나.

그제야 박재령이 나를 보며 말했다.

백로

오랜 시간을 뉴욕에서 살다

사랑은 말의 유희가 아니었구나라는 시를 읽은 적이 있다. 언제 읽은 시였는지, 시인의 이름조차 기억나지 않는다. 단 한 번의 결정적인 만남. 그 이후로 인생이 소용돌이치며 다른 변곡점을 향해 달려왔다는 생각이 든다. 나는 사랑이 유희라고 생각해본 적이 없었으나 돌이켜보면 내가 이기적이었다는 생각이 든다. 나를 제대로 표현하지 못했고 마음속의 감옥에 그를 가두어 숨 쉬지 못하게 만들었고 내심 그가 불행해져서 나를 찾아오기를 바랐던 것 같다. 굳이 내가 아니어도 다른 사람들에게 충분히 위로받을 수도 있을 텐데. 나만이 특별하다는 생각, 그 이기적인 사나운 생각으로부터 벗어날 수 없었다. 다행이었다. 누구에게도 나의 감정을 털어놓지 않아서 다행이었다. 모든 만남이 특별한 건 아니지만 모든 만남이 다 불행하고 덧없는 것도 아니었다. 모든 풍경으로부터 위로받을 수는 없지만 모든 풍경이 인간을 해치고 부정적인 기운을 주는 것도 아니었다.

박재령은 언제부터 술을 마셨을까.

러시아에 가면 독한 술이 많이 있다는데. 그의 형이 머물고 있다는 카자흐스탄에 가면 비싸고 독한 술을 마셔볼 수 있을 텐데. 그런 생각을 하면서 나는 박재령을 데리고 동네 술집으로 들어갔다. 그리고 과거에 그가 원했던 술을 한 병 주문했다. 그를 본 순간 내가 어떤 변곡점으로부터 달아나려고 했다가 간신히 그 속에서 살아남았다는 생각이 들었다.

어떻게 지냈니?

박재령이 기어이 나에게 물었다.

어떻게 지냈어?

나는 미소를 지었다.

차갑다. 깊어.

요즘에도 혼자 술을 마셔요?

음. 가끔.

가끔요.

그래, 네 생각을 했다.

왜요?

생각을 할 수밖에 없었다.

늦기 전에 와서 다행이에요.

일찍 오려고 했는데 잘 안 됐어.

보스턴에서의 생활은 어땠어요?

결국 나는 그의 생활에 대해 물었다.

좋은 것도 있었고.

네.

힘든 것도 있었어.

결혼생활이요?

그냥 전부 다.

원했던 일이잖아요?

공부에 집중을 할 수가 없었다.

왜요?

그냥, 그렇게 됐어.

쌍둥이를 낳았다고 들었어요.

그랬니?

예쁘겠네요.

그렇겠지.

왜 다른 사람 얘기하는 것처럼 말해요?

참 바쁘게 살았어. 하루하루가 금방 가더라. 너는 그대로구나. 나만 변한 것 같기도 하고. 열심히 살았을 뿐인데. 가끔 아주 많이 힘들기도 했어. 그때 네 생각이 나더라. 그런데 미안해서 연락을 할 수가 없었다. 미안해서 이렇게 늦게 찾아올 수밖에 없었다. 핑계 같지만.

가족들은요?

좀 멀리 있어.

멀리요?

운명인가 봐. 새 가족을 꾸려도 떨어져 살게 되는구나.

다른 데 있어요?

나는 일부러 무심하게 물었다.

그렇게 됐어.

그렇게요?

잠시 여행을 갔어.

여행이요?

길어질 거야. 아마.

박재령은 뭔가를 체념하고 있었다. 만약 그의 잘못으로 인해 상대가 떠나간 거라면 자책할 수도 있겠지만 지금의 상황은 그런 게 아닌 것 같았다. 그저 작정하고 명진애가 어딘가에 활을 겨누고 그 화살을 따라서 달아난 것으로 해석할 수밖에 없었다. 나에게는 그를 아프게 할 자격이 없었다. 그가 고독한 상태에 놓여 있다는 것을 뻔히 알면서도 아무 일 없다는 듯 혼자가 더 좋죠, 그런 말은 할 수가 없었다. 혼자가 더 편한 사람도 있고 그렇지 않은 사람도 있었다. 세상의 관계는 섣불리 단정할 수 없었고 가족에 대해서는 섣불리 끼어들어 말할 수 없었다. 그들에게도 사랑이 존재했을 텐데. 명진애와 박재령, 그들 사이에도 사랑이 남아 있어서 결혼이라는 걸 했을 것이다.

나는 그렇게 생각해야만 했다. 그러지 않고서는 견디기 어려울 것 같았다. 명진애가 박재령을 선택한 것이 아니라, 그가 그녀를 선택했다고 생각하는 게 더 마음이 편할 것 같았다.

아직 그녀를 생각하는가. 왜 당신은 과거에 그녀를 피하려고 했을까. 내게는 그렇게 보였는데, 당신의 마음이 나에게 천천히 오는 것처럼 보였는데, 착각이었을까. 그러나 부질없었다. 이 모든 것은 사실 당신과는 아무 상관 없는 일이다.

나, 실은 당신을 원했어.

나는 심장 속에 머물러 있는 그 말을 하고 싶었으나 그가 너무 당황스러워할까 봐 차마 하지 못했다. 그건 우리 사이에 가능한 어법이 아니었다. 그가 무너지거나 가라앉거나 참담해하거나 주저앉는 모습을 본다면 나 역시 착잡할 것이므로 적어도 함께 있는 동안, 삶은 고통이 아니라는 말을 전하고 싶었다.

재령, 나의 고독은 길었어.

이따금, 아니 자주 당신 생각을 했어.

예전에 당신이 내 얼굴을 바라보면

눈길을 피할 수밖에 없었어.

아직도 여전히 당신을 보면

내 얼굴이 타오르는 것 같아.

당신, 고독했지.

아마도 그랬을 거야.

안간힘을 다해 당신을 떠올렸던 날도 있었어.

뭔가 내 몸속에 고여 있는 것 같아.

이제 와 내가 당신에게 다가가면 사람들은

불륜이라 부르겠지.

아마 그럴 거야.

당신을 바라보는 내 눈이 참 아프다, 재령.

나는 창밖을 내다보고 있었다. 어둠이 빠르게 밀려왔고 낮에서 밤으로 흐르고 있다는 게 참 다행이었다. 어둠은 나에게 아무것도 말하지 말라고 충고하는 것 같았고 나는 그 전언을 받아들였다. 받아들이

지 않고 어떻게 살아갈 수 있나? 이미 지나간 인연들을 붙잡고 어떻게 살아갈 수 있나?

큰아버지는 왜 재령이라는 이름을 지어줬을까요?

나는 그에게 물었다.

실은 내가 먼저 이름을 바꾸고 싶다고 말씀드렸어.

그분에겐 시간이 많이 남지 않은 것 같아요.

알고 있어.

여기에 오는 동안, 무슨 생각 했어요?

후회했어.

뭘요?

그냥 여기에 머물러서 살걸 그랬다는 생각을 했어.

왜요?

그런 생각이 들었어.

그럼 학업 마치고 다시 돌아와요.

쉬운 일은 아니야. 잘 모르겠어.

그는 앞일은 한 치도 알 수 없다는 듯 말끝을 흐렸다.

결국 큰아버지는 가을이 오기 전에 세상을 떠났다. 백로가 시작되기 전이었다. 더위가 가고 이슬이 내리기 시작할 무렵, 낮과 밤의 온도 차가 조금씩 생길 무렵, 그는 서둘러서 자신의 길로 떠나갔다. 병이 깊어지면서 큰아버지는 주위 사람들을 피했고 전화를 받지 않았다. 한쪽에서 연락을 끊어버리니 달리 방법이 없었을 것이다. 무소식이 희소식이라고 생각했을 테고 큰어머니조차 사람들을 만나지 않고 간병에 힘썼다. 병원에서 진단을 받고 두 달도 채 되지 않아서 그는 저세상으로 가버렸다. 누구도 막을 수 없는 일이었다.

한평생 성실하게 살았고 자신의 가정을 책임지며 주위 사람들에게 피해를 끼치지 않으려 했던 사람. 늘 수수한 차림으로 다녔으며 십 년 넘은 구두를 신었던 사람. 충분히 쓸 돈이 있음에도 불구하고 사치를 부리지 않았던 사람. 어려운 환경에 처해 있는 한인들을 돕기도 했던 사람. 가장 절망적인 시절에 머물러 있는 사람이 사주팔자를 봐달라고 부탁했을 때 거절하지 않았던 사람.

쉽게 조언하지 않았고 말보다는 글을 통해, 감명지를 통해 자신의 생각을 전달했던 사람. 내가 기억하는 큰아버지의 모습이었다.

비록 나는 그의 딸이 아니었기에 그를 있는 그대로 깊이 이해할 수는 없었으나 그가 한평생 살면서 무엇을 말하고 무엇을 전하려고 했는지 어렴풋이 알 것 같았다. 그가 무엇을 아끼고 무엇에 애착을 가졌는지 조금은 알고 있었으므로 장례를 치르며 나 역시 슬퍼하지 않을 수 없었다.

세상에는 여러 종류의 슬픔이 존재해서, 부모를 잃는 사람이나 자식을 잃은 사람, 병을 앓고 있는 사람까지 너무 다양해서 빈소에 앉아 식사하는 게 마음이 편하지 않았다. 그동안 많은 사람들을 만났을 텐데 어찌하여 빈소는 이렇게 텅 빈 것인가, 나는 그런 생각을 하지 않을 수 없었다. 큰아버지는 세상을 떠나기 전에 사람들을 부르지 말아 달라고 당부했다.

조용히 가고 싶다.

알리지 마라.

재령에, 한번 가고 싶었는데.

결국 가보지 못하는구나.

큰아버지는 모든 것을 체념한 채 눈을 감았다.

丙　己　丙　辛
寅　海　申　巳

큰아버지의 사주 명식은 이러했다. 병신월 기해일에 태어난 사람. 일주가 본인 자신을 의미한다면 그는 기토, 즉 흙을 의미하는 사람이었고 일지에는 해수, 바닷물을 깔고 있었다. 해수는 역마를 의미했다.

그의 사주에는 인신사해, 역마가 지지에 다 깔려 있었다. 그래서 결국 조국을 떠나 타국에서 살게 되었나. 역마를 다 가지고 있는 사람은 흔치 않았다.

큰아버지의 사주에는 정관이 자리 잡고 있었다. 사길신 중의 하나인 정관을 가지고 있는 사람은 예의 바르고 점잖은 면이 있다고 했다.

정관이 어느 자리에 놓여 있느냐에 따라서 인연을 판단할 수가 있었다. 길신 중 하나라고 할지라도 그 관이 위협을 받는다거나 고립되어 있으면 능력이 잘 발휘되지 않을 수도 있었다. 자칫 운을 잘못 만나게 되면 사기를 당할 수도 있고 타인에게 공격을 당할 수도 있었다. 사람 자체가 보수적으로 보여서 융통성이 없다는 오해를 받게 될 수도 있었다. 그 관을 어떻게 사용하느냐에 따라 인생 자체가 달라질 수 있었다.

나의 사주에는 정관이라는 게 없었다. 나에게 없는 것을 그리워하고 선호하는 건 사람의 특성일 수도 있었다. 무의식적으로 관을 가진 사람을 좋아한 것은 나에게 그게 부족했기 때문이었다.

나는 큰아버지가 돌아가신 후에야 그의 생년월일과 태어난 시간을 알게 되었다. 뒤늦게 박재령은 그의 사주 명식을 나에게 알려주었다.

사람의 일주를 들여다보면 그 사람의 성격을 대강 알 수 있다는데, 큰아버지가 기토, 흙 그 자체를 의미한다고 해도, 주위에 태양이 많다고 해도, 아니 물이 너무 많다고 해도 나는 그것을 해석하고 싶지 않았고 죽음이라는 게 너무 서럽게 느껴져서 그 슬픔을 감당할 수 없었다. 내 아비가 세상을 떠났다는 소식보다 큰아버지의 사망이 나에게 더 깊이 와 닿았는데, 그가 어느 순간 나를 건져주었다는 생각, 어려운 시절에 나에게 촛불 하나를 건네주고 자신의 길로 걸어갔다는 생각, 그 생각으로부터 자유로울 수 없었다. 나는 그를 애도하느라 정처 없이 방황했다. 그는 나의 스승이었고 다른 세계로 건너갈 수 있도록 발판을 마련해준 사람이었다.

천을귀인. 인생을 살면서 단 한 번의 귀인을 만난다면, 그 대상이 큰아버지였던 셈이었다. 나는 그에게 돌려준 게 아무것도 없었다. 그렇다고 큰어머니에게 아니 사촌언니에게 그간의 일에 대해서, 그 고마움에 대해서 말할 수도 없는 일이었다.

큰아버지의 장례를 치른 뒤 나는 다시 박재령을 만났고 결국 그 앞에서 처음으로 울었다. 나는 사람의 운명에 대해 알지 못한다. 인신사해 역마가 있다면, 어떻게 바다를 건너 다른 곳으로 가는지, 그 힘의 원천에 대해 알지 못한다. 언제 곡절을 만나고 주저앉는지, 언제 땅속으로 육신이 묻히는지 알지 못한다. 배우자의 인연과 자식의 인연과 형제와 부모와 조상과 전생에서 어떤 인연으로 얽혀서 현재까지 이어지는지 알지 못한다. 사람이 왜 고통을 겪고 병을 얻는지, 사기를 당하고 배신을 당하는지 알지 못한다. 어찌하여 가난하게 되고 어찌하여 사람에게 모욕을 받게 되는지, 어찌하여 인연이 원수가 되는지 알지 못한다. 어찌하여 인생이 요동을 치는지 알지 못한다.

손끝에 인연이 있는가. 아니면 우리가 바라보는 눈 속에 인연이 있는가. 당신을 부르는 나의 음성에 인연이 있는가. 후려치듯 불어오는 바람에, 그 속에 인연이 있는가. 아마도 당신조차 나를 이해하지 못하겠지만 아무래도 눈물 속에 인연이 있는 것 같다. 인연이 깊어지면 눈물이 나는 걸 보니, 아무래도 그 속에 비밀이 있는 것 같다.

침묵 속에서 나는 다시 한번 울었고 박재령은 아무 말도 하지 않았다.

큰아버지가 자주 듣던 〈황성옛터〉의 노랫말이 떠오른 건 그때였다.

나는 가리오다 끝이 없이
이 발길 닿는 곳

산을 넘고 물을 건너
정처가 없어도

아 한없는 이 설움을
가슴속 깊이 안고

224

이 몸은 흘러서 가노니

옛터야 잘 있거라.

*

슬픔은 사람을 멀어지게 만들지만 때로는 가깝게 이어주기도 했다. 나는 박재령의 침묵 속에서 위안을 받았는데, 그렇다고 그에게 완전히 기댈 수는 없었다. 박재령은 큰아버지가 떠난 뒤, 정리해야 할 일을 대신해주었고 큰어머니 옆에서 거들기도 했다.

사업체는 문을 닫았고 밑에서 일하던 직원들은 뿔뿔이 흩어졌으며 재산 문제도 어느 정도 정리가 되었다. 빚은 없었으며 가족들이 먹고 살 수 있을 정도로 돈을 남겨주었다. 그가 사용하던 노트북은 깨끗하게 정리되어 이미 종이 박스에 넣어둔 상태였다. 워낙 깔끔한 성격 탓에 집 안에 거추장스러운 것들은 존재하지도 않았다. 한평생 사람이 살면서 필요로 하는 물품과 가구들이 있을 텐데, 큰아버지는 소풍을 왔다 간 듯 가볍게 떠나버렸다.

그사이 곁에 있던 박재령이 힘이 되어준 건 부정할 수 없는 사실이었다. 이제 박재령도 자신의 공간으로, 보스턴으로 돌아가야 할 일만 남아 있었다.

돌아가야 하나.

나는 그를 바라보면서 생각했다.

아무것도, 기다리지 않아.

이미 잎이 다 떨어진 목련 나무를 바라보면서 박재령이 꺼낸 말이었다.

나는 그 애를 사랑하지 않아.

그는 끝내 할 말이 있다는 듯 입을 열었다.

어느 날 잠에서 깨어보면 내가 무슨 일을 저질렀는지, 후회가 될 때가 있어. 이미 너무 많은 길을 와버렸다는 생각이 들어. 시간을 되돌리고 싶어. 어쩌면 너조차 나를 비난하겠지만 아니 비난해도 어쩔 수 없지만 때로는 그런 생각이 들어. 늘 조심하면서 살아오려고 했어. 어떤 불길한 예감을 받았기 때문에 피하려고 했지만 그럴수록 뭔가 엉켜버리는 것 같았어. 내가 무슨 일을 저지른 걸까. 쌍둥이까지 낳았는데.

나는 목련 나무를 올려다보았다.

비록 나는 이렇게 되었지만, 너는

자유롭게 살아. 누군가의 죽음으로 인해서

너무 슬퍼하지 말아. 그게 내가 너에게 해줄 수 있는

말이야. 내 부탁이기도 해.

삶을 살아. 죽음 속으로 걸어가지 마.

자유롭게 살아. 그렇게 살아가.

박재령은 나에게 그 말을 하고는 보스턴으로 떠났다.

*

시간은 계속 흘러갔다. 어느 날은 물처럼, 어느 날은 범람하는 속도로 빠르게 흘러갔다. 하루가 가고 이틀이 지나갔다. 얼마 후 나는 박재령을 만나기 위해 보스턴으로 떠났다. 나의 이런 행동을 사람들이 비난할 수도 있겠으나 그가 있는 곳으로 갈 수밖에 없었다. 그 애를 사랑하지 않는다. 그 말은 참담했다. 차라리 너무 사랑한다. 쌍둥이까지도 깊이 사랑한다. 그렇게 말했더라면 보스턴으로 가지 않을 수도 있었다.

어떤 목적이 있었던 것은 아니었다. 멀리서 그를 한 번 더 바라보고 싶었다.

희망이 있어야 살 수 있다고 말하는 사람들이 있다. 미래가 장밋빛일 거라고 말하는 사람들이 있다. 나는 그를 만나게 되면 당신을 만난건 참 다행이었다는 말을 하려고 했다. 나는 사랑이라는 말을 언급하지 않을 테고 아무 일도 없었다는 듯 그를 대할 게 분명했다. 그게 나의 최선이었고 그에 대한 예의였다.

타인의 삶을 파괴하지 않는 것, 어느 순간 작별한다 할지라도 그를 부서지게 만들지 않는 것, 나는 그것을 행하고 싶었다.

모든 만남은 이별이 예정되어 있다. 모든 만남은 작별을 내포하고 있다. 모든 만남은 비밀을 내포하고 있다. 모든 만남은 밤과 낮을 내포하고 있다. 모든 만남은 골목과 비애를, 바람을, 노래를 내포하고 있다. 초록과 붉음을, 흰 것과 검은 것을, 노랑을 내포하고 있다. 땅과 태양을, 나무와 물을, 금과 흙을 내포하고 있다.

보스턴에 도착한 뒤 나는 내 곁에 부는 바람이 예전의 그 바람이 아니라는 걸 알았다. 여전히 도시는 조용했고 품위가 있었으며 깨끗했지만 몇 해 전 내가 찾았던 도시가 아니었다.

나는 대학 캠퍼스에서 그리도 찾던 한 남자를 보았다. 멀리서 걸어오고 있는 사람. 가까이 올수록 나는 그가 박재령이라는 것을 점점 확실히 알아보았으나 그는 나를 보지 못했고 조용히 내 곁을 지나쳐갔다. 아니 사실 그를 본 순간 내가 먼저 시선을 피했으므로, 건물 뒤로 숨어버렸으므로 그는 나를 보지 못했고 그의 일상 속에 머물러 있었다. 그의 가방은 무거워 보였다. 저 가죽 가방. 그것은 내가 처음 보는 물건이었고 그의 옷차림 또한 낯설었다.

박재령은 언젠가 말한 적이 있었다.

나는 누구에게도 충고할 자격이 없어.

누군가의 삶에 개입하고 싶지 않아.

그건 두려운 일이야.

나는 그가 누구였는지 설명할 길이 없었다. 치명적인 고통이 무엇인지 알지 못했고 잠잘 때의 습관이 무엇인지, 가끔 무슨 꿈을 꾸는지 알지 못했다. 신발 사이즈가 몇인지, 자주 먹는 음식이 무엇인지 그 흔한 것조차 알지 못했다.

그는 혼자 길을 걷다가 식당으로 들어갔다. 나는 멀리서 그 모습을 우두커니 지켜보았다. 그는 휴식을 취하듯 평온한 표정을 지었고 천천히 밥을 먹었다. 나는 그 평화를 깨뜨리지 않았다.

아니 언젠가 평화는 깨어진다. 언젠가 외로움은 끝이 난다. 그가 바랐던 평화가 나에게로 전해지는 것 같았다. 나는 밥을 먹지 않았지만 배가 고프지 않았다. 단 한 번도 그에게 끼니를 차려준 적은 없으나 어떤 위로를 전해주려 한 적은 있었다.

기억할까. 내가 그를 찾아 헤매던 그 순간을.

그 시간을.

박재령은 자리에서 일어난 뒤 밖으로 나와 한참을 걸었다. 나는 그를 따라 걸었다. 그는 얼마 지나지 않아 벤치에 앉아서 가방 속에서 뭔가를 꺼냈다. 담배를 피우는구나. 어쩌면 결혼 이후에 그런 습관이 생겨난 걸 수도 있었다. 그는 뭔가를 몹시 그리워하듯 길게 담배 연기를 내뿜었고 허공을 쳐다보았다. 연기는 금세 사라졌지만 아득한 눈빛만큼은 변함이 없었다. 무엇을 그리워하는 걸까. 지나간 시간을?

결국 나는 용기를 내어 그에게 조심스럽게 다가갔다. 멀리서 나를 바라보는 그의 눈길에 놀라움과 반가움이, 사무침과 떨림이 공존했다.

내가 잘못 본 거라고 생각했어.

박재령은 말했다.

비슷한 사람이라고 생각했어. 그런데 너구나.

그는 처음 만났을 때처럼 나에게 너구나, 하고 말했다. 그는 처음부터 내가 어떤 사람인지 알았다는 듯 편안한 미소를 지었다.

어떻게 연락도 없이 왔니?

그냥 왔어요.

만나게 될 줄 알았니?

나는 고개를 끄덕였다.

밥은 먹었니?

아니요.

그럼 밥을 먹으러 갈까?

아니에요.

그럼, 뭘 하고 싶니?

차 한잔 주세요.

근처에 찻집을 찾아보자.

아니, 집에 가서 따뜻한 차 한잔 주세요.

그러자 박재령은 나를 쳐다보았다.

그 어떤 기대를 가졌던 것은 아니었다. 그가 어떻게 사는지 그 모습이 궁금했고 예전처럼 온기를 느껴보고 싶었다. 거기에 명진애가 없을 것이므로 나는 그 공간에 가보고 싶었다. 결국 그는 나를 데리고 자신의 집으로 갔다.

적어도 예전보다는 넓은 공간에서, 비록 가족들이 떠났지만 예전보다 나은 환경에서 지내고 있을 거라고 나는 생각했다. 하지만 집은 비좁았고 좀처럼 햇빛이 들어오지 않았다. 거실에도 방 어디에도 아기용품은 찾아볼 수 없었다. 왜 이런 삶을 택했을까.

이쪽에 앉아. 여기가 더 따뜻해.

그는 나에게 방석을 가져다주었다. 박재령은 언제나 나를 살피는 사람이었다. 이 온기를 마주하기 위해 내가 먼 곳에서 왔구나. 그는 끝내 아무것도 모르겠지만 한동안 나는 입을 다문 채 부엌에서 물을 끓이는 그의 뒷모습을 빤히 쳐다보았다.

외롭지 않았어요?

너는 어땠니?

괜찮아요.

다행이다. 믿어지지가 않네.

뭐가요?

네가 여기 있다는 게.

박재령은 애써 미소를 지었다.

할 말이 있어서 온 것 같은데.

아니에요.

궁금해서 왔니?

어떻게 지내는지.

너는 아무것도 묻지 않는구나.

네.

정리가 되면 얘기하려고 했어.

나는 어떤 정리인지 묻지 않았다. 이혼을 의미하는 건지, 재결합을 의미하는 건지 물어볼 수 없었다.

좀 어색하네요.

나는 늘 편했어. 너를 보면. 여전히 참 많이 미안하다.

나는 그에게 다가갈 수 없었고 미소를 지을 수도 없었다. 다가갈 수 없을 만큼의 깊이와 거리가 있었고 굳이 내가 다가가지 않아도 존재하는 것만으로도 충분했다. 그것으로 되었다고 생각했다.

명리학의 유명한 대가 중에 서락오 선생이 있어. 그분은 자신의 사주팔자에 칠살이 많아서 몸이 아프고 일생이 잘 안 풀리는 건가, 괴로워한 적이 있대. 그리고 임철초 선생이라는 분도 있거든. 그분은 자신의 사주팔자에 화의 기운이 너무 많고 대운도 좋지 않아서 명리를 배우는 것에 마음을 두었대. 가세도 기울고 살아가는 일도 버겁다 보니 그쪽으로 마음이 갔던 모양이야. 그런데 그 배움이라는 게 한낱 사람들의 웃음거리가 되다 보니 자신의 모습이 초라하고 슬프게 느껴졌대. 한정된 땅에서 가난을 면치 못하는 것이 꽤 괴로웠던 모양이야. 명리를 배우면서 대부분의 사람들이 자신의 사주를 들여다보거든. 거의 평생을 반복해서 들여다보지. 그러다 보니 어느 때는 슬픔만 남는 것 같아.

그는 나에게 말했다.

슬픔이요?

내 사주는 너무 축축하거든. 물이 많아. 그걸 막아주는 토양이 있어야 하는데, 그게 좀 부족하거든. 그래서 일이 좀 안 풀리는 건가. 그런 의문이 들어. 가끔 고독해질 때가 있어.

그분들처럼 사람들의 웃음거리가 된다고 생각해요?

한때는 이 공부를 하는 걸 사람들에게 말하지 않은 적도 있어. 하지만 이제는 운명의 흐름에 몸을 맡길 뿐이야.

받아들여요?

그런 셈이지. 네가 사는 곳에 있는 목련 나무 말이야.

정원에 있는 거요?

그 나무, 사실 로스앤젤레스에 살 때 우리 집 정원에 심어져 있던 거였어. 이사를 하면서 아버지가 버리고 간다는 걸 너의 큰아버지가 옮겨 심는다고 가져가셨어. 그때는 작은 나무였지. 나는 얼마 가지 않아 목련 나무가 시들어서 죽을 줄 알았거든. 그런데 찬바람에도, 추위에도 아랑곳하지 않고 다음 해 봄이 되면 다시 꽃이 피는 거야. 네가 살고 있는 그 집에 드나들 때마다 목련 나무를 유심히 보곤 했어. 사실 처음에 뉴욕에 왔을 때는 참 외로웠거든. 그 목련 나무를 보기 위해 그 집 앞을 자주 기웃거렸어. 그러다 너의 큰아버지를 다시 만난 거야. 그분은 좀 섭섭해하실지 몰라도 처음엔 나무를 보러 간 거였지. 그러다 너를 보았고.

그 나무가 그렇게 좋았어요?

232

처음부터 나를 알아본 것 같았어. 참 이상하지 않니? 그 먼 거리를 달려왔는데도, 몇 번의 계절이 바뀌었는데도, 혹한 속에서도 죽지 않고 살아 있다는 게 참 기이하게 느껴져. 아마 그 나무는 나보다 더 오래 살 거야. 나의 아이들보다 오래 살까. 그 아기들에게도 한번 보여주고 싶었는데.

나중에 보여줘요.

쉽지는 않을 것 같아. 다른 사람들은 이해하지 못하겠지만 보스턴에서 살면서도 네가 있는 그 집이 참 그리웠어.

그리웠어요?

내가 참 별 얘기를 다 하는구나.

보스턴을 떠나 집으로 돌아온 후 나는 목련 나무 앞에 서 있었다.

그의 역사를 알고 있구나. 이 나무는.

어린 날을, 그의 평온을,

그의 시간을 알고 있구나.

나는 무심히 스치듯 지나갔을 뿐인데

그의 삶을 알고 있구나. 비탄을, 슬픔을.

알고 있구나.

나는 그 나무를 지나쳐서 내 방으로 들어왔다. 방 한구석엔 오래전 한국을 떠나올 때 들고 왔던 가방이 놓여 있었다. 나는 곧 이 집을 떠나 다른 공간으로 이사할 준비를 하기 시작했다. 가방 안엔 사진첩과 한국을 떠나올 때 내가 마지막으로 만났던, 앞을 못 보던 역학자가 건넨 감명지 한 장이 들어 있었다.

어서, 가소.

외국으로 가소.

그의 말대로 외국으로 와서 무엇을 얻었나. 무엇을 잃었나. 아니 이
것은 나의 운명이었다는 생각이 든다. 바다를 건너야만 했다는 것. 누
구의 조언이 아니라 누구의 부탁이 아니라 내 의지대로 살아왔다는
생각, 결국 내가 선택한 삶이었다. 몇 번의 계절이 지나갔고 몇 번의
슬픔과 몇 번의 기쁨과 몇 번의 빛이 오갔던 것뿐이었다. 삶은 계속되
고 시간은 흐른다. 그건 부정할 수 없는 사실이었다. 똑같은 일을 당
해도 어떤 사람들은 좌절하고 어떤 사람들은 슬픔 속에서 헤어 나오
지 못한다. 같은 일을 당해도 어떤 사람들은 타인을 원망하고 어떤 사
람들은 어쩔 수 없는 일이라고 타인을 이해한다. 아프게 끌어안는다.
나는 삶이 계속되어야 한다고 믿는 사람이었다. 어떤 방식으로, 어떤
방향으로 흘러가는지, 어떤 바람이 불어오는지 알 수 없어도 계속 비
바람을 맞으며 걸어가야 한다고 믿는 사람이었다.

남의 인생. 그 속에 진실이 있고 회오리가 있고 벼랑이 있고 안간힘
과 비밀이, 변화와 축적이 숨어 있었다. 어떤 사람들은 그것을 운명이
라 부르고 어떤 사람들은 그것을 팔자라고 부른다. 한때 긴 시간, 불면
의 밤을 보낸 적이 있지만 그 시간에 대해서 구체적으로 누군가에게
털어놓은 적은 없었다. 나의 망가짐과 슬픔을 온전히 감췄다고 생각
했지만 슬픔도 보편적이어서 시간 속에 흘려보낼 수밖에 없었다.

*

　정사년. 육십갑자 중 쉰네 번째 해로서 1977년 정사년에는 나의 사촌언니가 태어났다. 큰아버지 부부는 태어난 아기를 보면서 눈물을 흘렸다. 기쁨의 눈물이었다.

　누군가는 태어나고 누군가는 죽는다. 그 순환 속에서 인간은 살아간다. 그 속에 비의가 있고 눈물이 있고 운명이 있다. 운명이란 그런 것이다. 말할 수 없는 것이다. 말하기 어려운 것이다.

*

꼭, 가야 하니?

한참 짐을 싸고 있을 때 사촌언니가 나에게 물었다.

그냥 여기서 나랑 늙자.

나는 사촌언니의 말에 조용히 미소를 지었다.

마음 바뀌면 돌아와.

그녀는 말했다.

알고 있니? 박재령이 이따금 너를 기다렸어. 나는 그가 우리 집에 올 때마다 너를 기다린다는 걸 알았어.

언제?

그 사람 결혼하기 전에.

그랬어?

사실 결혼한 이후에 명진애와 같이 왔을 때도, 그날도 너를 보고 싶어 한다는 걸 알았어. 그런데 그날 너는 밖에서 안 들어오더라.

알고 있었어?

실은 아버지도 그걸 알고 계셨어. 그래서 돌아가시기 전에, 한번 오라고 전화를 한 거야.

그래.

이거 받아.

사촌언니는 두꺼운 노트를 나에게 건넸다.

아버지가 너에게 주라고 하셨어.

나는 그 노트를 천천히 넘겼다. 거기에는 수많은 기록들이, 그동안 살면서 큰아버지가 만났던 사람들의 사주팔자가 빼곡히 적혀 있었다. 아주 정갈한 글씨로, 그동안의 인연들에 대해서, 그들의 운명에 대해서 기록되어 있었다.

아버지는 네가 역학을 공부하기를 바라셨어.

명리.

사람의 운명이지. 그 인연, 참 짧다. 그치?

그러네.

사촌언니는 그 말을 한 뒤에 내 방을 나갔다. 세상을 떠나기 전, 큰 아버지는 나에게 간곡하게 말한 적이 있었다.

훗날 공부를 해라.

이쪽 공부를 해. 네 삶에 도움이 될 거다.

큰아버지는 그 말을 하고는 창밖을 쳐다보았다. 그래, 이것이었구나.

너무 짧구나. 인생이.

나는 재령으로 가려 했어.

끝내 이루어지지 않는구나.

큰아버지는 그렇게 말했다. 어느 깊은 바다를 건너 이곳으로 왔나.

그곳에는 어떤 나무와 꽃이 피는가, 재령. 풀이 돋아나고 무덤이 있는가. 어떤 노을과 바람이 기다리나. 어떤 눈송이와 어떤 봄비가 사람을 적시나. 어떤 철새들이 날아다니나. 지난한 시절을 지나 멀리 이곳으로, 우수와 경칩을 지나, 소서와 대서를 지나, 한로로, 소설로, 너무 아픈 소설로, 다시 돌아가지 못한다 할지라도, 지독한 추위가 기다리고 있다 할지라도, 한번은, 부디 죽음 속에서 삶을 기억하듯이, 새들이 혹한의 계절을 피해 다시 날아오르듯이, 도저한 인생의 한복판으로, 깎아지르는 절벽 사이로, 그 속에 삶과 죽음이 있듯이, 가난과 추억과 상실과 베이는 아픔이 있듯이, 다시 한번 그곳으로,

재령에서 뉴욕으로 왔듯이, 그곳으로,

보이지 않는 장벽을 뚫고 멀리,

여기 뉴욕에 온 후에도 몇 번의 계절이 바뀌고 눈이 내렸다.

아마 그때에도 눈이 내렸을 것이다. 초겨울부터 이른 봄이 시작되기 전까지 그러하듯, 흐린 날,

1974년 겨울, 그 무렵에도 눈이 내렸을 것이다.

대설이 지나고 혹독한 추위에, 눈서리 몰아치고, 몸과 마음을 얼어붙게 하는 바람이 불었을 것이다. 그때 세상의 나무들이 숨죽이던 그때,

辛　壬　丙　甲
丑　寅　子　寅

　　12월 27일, 길이 얼어붙고 인적이 끊기고 모두 집으로 돌아가 휴식
을 취하던 그 시간에, 자정을 지나 새벽으로 가던 그 시간에, 온몸을 떨
듯 한 아기가 태어났을 것이다, 축시에 태어나다, 그 사람이 태어나다.
　　박재령. 그는 자월에 태어난 임수였다. 임수. 명리에서는 흔히 그것
을 거대한 바닷물이라 부른다. 그가 태어난 날, 바다 옆에 멀리 태양이
비추고 금이 있고 멀리 나무가 있다 할지라도, 그는 혼자 있는 듯 몸을
떨었을 텐데, 밀물과 썰물이 오가는 바닷가에, 해가 지고 바람 불고 노
을이 지는 바다에 홀로 남듯이, 모두가 돌아간 바닷가가 저 홀로 외로
워지듯이, 그는 그렇게 살아냈을 것이다. 찬 이슬같이 외로웠던, 누군
가 자신을 깊이 사랑하는 것도 눈치채지 못하고 혹한에 떨었을,

　　얼음 깨고 멀리서 굽이굽이 내려오던
　　곡절의 시간을 건너온 그 임수,
　　그 바다.

　　그가 살아온 날들을 눈물이라 부를 수는 없었다.
　　내가 살아온 날들을, 그 힘겨움을 실패라 부를 수는 없었다.
　　그는 처연하게 나를 바라보았고 나는 때때로 그 시선을 벗어나고
싶었지만 모든 것은 운명이라는 생각이 들었다. 피해 갈 수 없었다.

태어난 해와 날짜와 시간을 기록하다.

본명 박윤.

갑인년, 병자월, 임인일, 신축시에 태어나다.

오랜 시간 뉴욕에서 살다.

이방인으로 머물다.

임인일주. 나무 위의 바다.

이것은 내가 그토록 사랑했던 사람의 사주 명식이었다.

작가의 말

솔직히 고백하자면
거의 매일 글을 썼다.

왜 그런 일이 일어났는지 나도 잘 모르겠다.
그러한 열정이, 사랑이 어디에서 시작되었는지.

어떤 실패 속에서, 빗속에서,
빛과 어둠이 공존하는 그곳에서
어떻게 인내를 배우고 여기까지 왔는지 나도 알 길이 없다.

이 글은 2016년부터 2020년까지의 기록이다.
글을 통해 잠시나마 과거로 돌아가려는 시도를 했다.

커피 한 잔과 약간의 돈, 음악,
그것이면 충분하다고 생각했다.

가장 먼저 미월 언니에게,
친언니 윤정인과 조현규 형부에게 감사드린다.
어려운 시절에 큰 도움을 받았다.

나무옆의자 여러분들과 신승철 선배님, 하지순 주간님,
건대 입구 최가커피 최임원 대표님과 박연미 사모님께 감사드린다.

책의 표지 그림을 그려주신 박훈 작가님과
추천사를 써주신 이병률 선배님께 깊이 감사드린다.

이 글은 사주 명리 그 자체가 아니라 인연의 부딪힘과 헤어짐,
죽음과 삶의 경계에 대한 이야기일 뿐이다.
같은 날 태어난 쌍둥이의 운명에 대해 다뤄보고 싶었다.
사랑하게 될 것이라 예감하지 못했지만
결국 사랑하게 되는 주인공의 운명.
그 예측할 수 없음이 곧 삶이라고 생각했다.

다음이 또 있기를 바랄 뿐이다.

희망이 남아 있어 그것에 대해서도 글을 썼으면 좋겠다.

조금은 쓸쓸하지만 따뜻한 이야기라면.
인생에서 영원히 기억될, 그 순간에 대한
이야기를 쓴다면.

그 진실함, 우리가 알고 있지만
우리를 비껴간 것,
비와 음악과 축복과 그 모든 것,
어찌하여 내가 이곳으로 오게 되었는지,
귀 기울여달라.
조금 늦더라도
다시, 만나고 싶다.

2020년 봄에 윤보인

재령

초판 1쇄 인쇄 2020년 4월 17일
초판 1쇄 발행 2020년 4월 27일

지은이 윤보인
펴낸이 이수철
본부장 신승철
주　간 하지순
교　정 박은경
디자인 권석중
마케팅 안치환
관　리 전수연

펴낸곳 나무옆의자
출판등록 제396-2013-000037호
주소 (03970) 서울시 마포구 성미산로1길 67 다산빌딩 3층
전화 02) 790-6630 팩스 02) 718-5752
페이스북 www.facebook.com/namubench9
인쇄 제본 현문자현

ⓒ 윤보인, 2020

ISBN 979-11-6157-096-9 03810